KB072561

가프 현대 판타지 소설

MODERN FANTASTIC STORY

밥도둑

약선

요리

王왕

밥도둑 약선요리王 19

가프 현대 판타지 소설

초판 1쇄 찍은 날 § 2020년 7월 8일
초판 1쇄 펴낸 날 § 2020년 7월 15일

지은이 § 가프
펴낸이 § 서경석

총괄팀장 § 노종아
편집책임 § 신나라

펴낸곳 § 도서출판 청어람
등록번호 § 제387-1999-000006호
등록일자 § 1999. 5. 31
어람번호 § 제1-3065호

주소 § 경기도 부천시 부일로 483번길 40 서경B/D 3F (우) 14640
전화 § 032-656-4452 팩스 § 032-656-4453
http://www.chungeoram.com
E-mail § chungeorambook@daum.net

ⓒ 가프, 2019

ISBN 979-11-04-92213-8 04810
ISBN 979-11-04-91945-9 (세트)

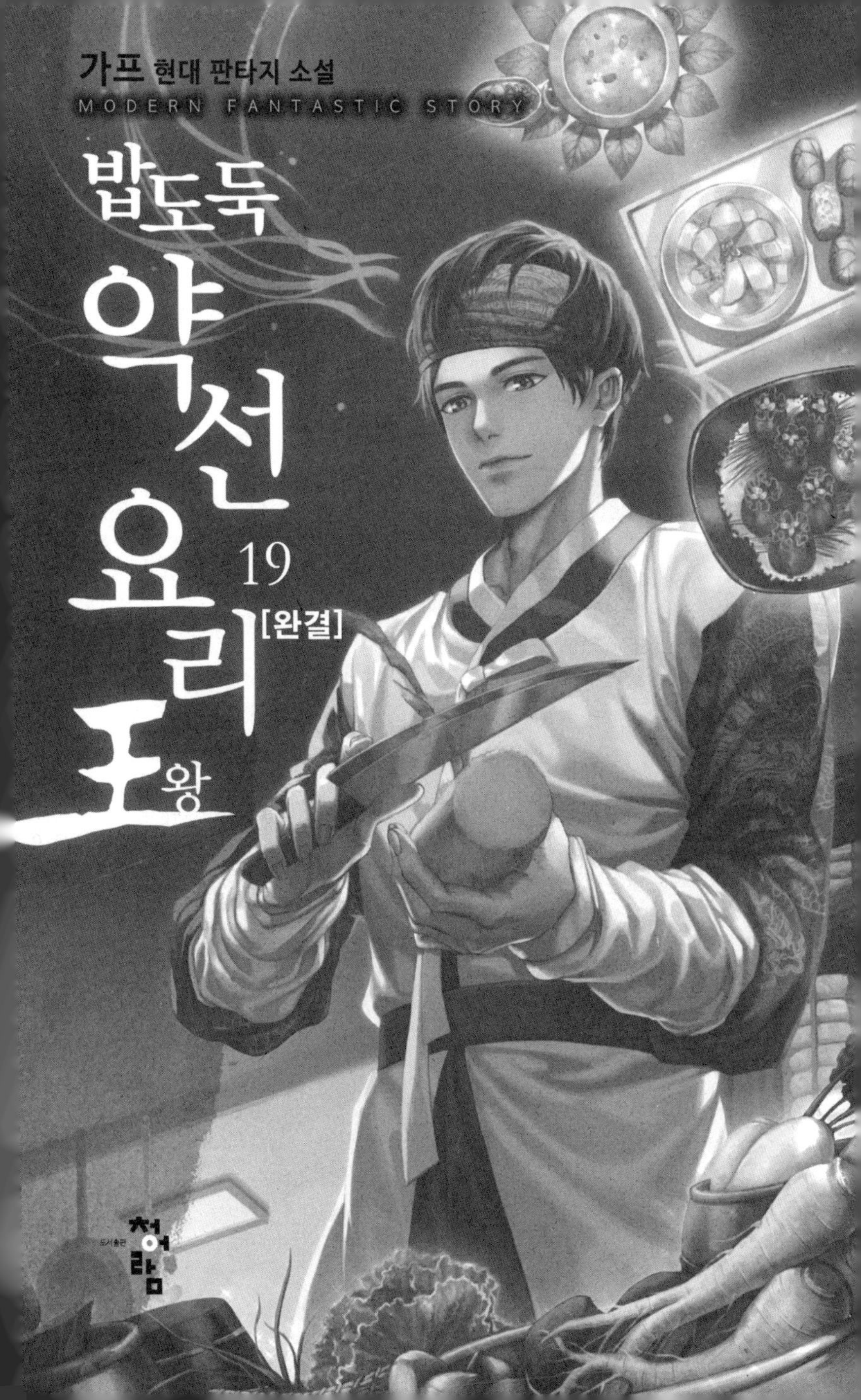
가프 현대 판타지 소설
MODERN FANTASTIC STORY
밥도둑
약선
요리
王왕
19
[완결]
도서출판 청어람

밥도둑

약선
요리
王
도 왕

목차

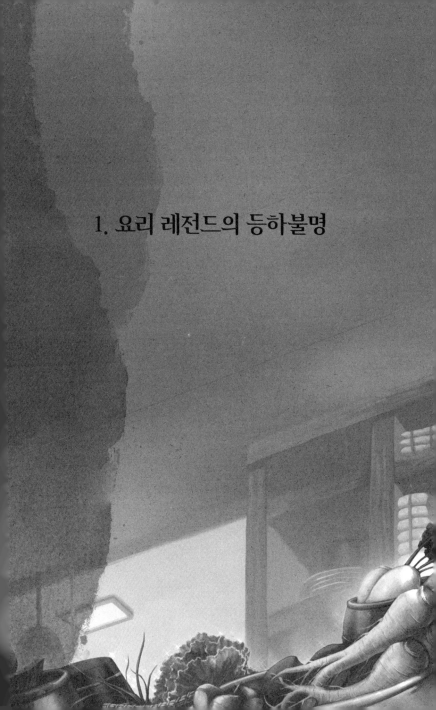

1. 요리 레전드의 등하불명

　"1번 먹보 나와주세요."

　멘트와 함께 한 꼬마의 모습이 보였다. 여섯 살쯤 되어 보이는 남자아이 한준수였다.

　"2번 먹보 모십니다."

　다음 멘트와 함께 역시 여섯 살의 여자아이 윤보람이 등장했다.

　"3번 먹보는 누구일까요?"

　멘트가 조금 커졌다. 이번에 나온 아이는 일곱 살의 남자아이 장우람. 이 아이는 쏜살같이 달려와 멈추는 모습이 에너지가 쏟아질 듯 넘쳤다.

"다음 4번 먹보 민소라를 맞이합니다."

이어지는 멘트와 함께 여자아이의 등장. 다섯 살의 아이는 몹시 당찬 모습이었다.

"마지막으로 5번 먹보를 소개합니다."

이 아이는 아주 어렸다. 이제 겨우 세 살이 되는 여자아이 이하니. 쪼르르 달려 나와 먼저 나온 아이들 옆에 섰다. 이하니의 얼굴이 카메라앵글에 부각되었다. 동시에 민규 얼굴에 생기가 돌았다.

이민규 vs 이하니.

어떤 관계일까?

잠시 후 진행 멘트의 주인공이 무대 뒤에서 걸어 나왔다. 그녀는 홍설아. 여기는 청사행주방의 녹화장이었다.

짝짝짝!

박수와 함께 카메라가 방청석을 비췄다. 늘 보이던 실내 스튜디오가 아니었다. 사방이 탁 트인 한강 둔치의 잔디밭. 그 위에 펼쳐진 행사 의자에는 천여 명이 넘는 방청객들이 빼곡하게 둘러앉았다. 그들의 절반은 아이들이었다. 대개는 유치원생이나 유아원생이었으니 앞쪽에 앉은 양미순과 원장들이 또렷했다. 그 옆으로 초대 손님들의 면면이 펼쳐졌다.

"청사행주방 600회 특집입니다. 자리를 함께해 주신 어린이 여러분에게 특별한 감사를 드립니다."

홍설아의 멘트가 강물까지 메아리쳤다. 그녀의 몸매는 강변에 하늘거리는 수양버들 같았다. 건강한 먹거리로 살을 빼겠다는 선언으로 시작한 프로그램. 어느새 초장수 프로그램이자 방송국 최고의 인기 프로그램이 되어 600회를 맞았다.

그사이에 홍설아는 먹방 여신 캐릭터에서 몸매 여신으로의 변신에도 성공했다. 이제 30대에 접어들었음에도 처음 진행하던 20대 때보다 생기발랄하고 건강한 몸매를 자랑하는 홍설아였다.

"오늘 600회 특집은 어린이 오미(五味) 먹보왕 대회로 진행합니다. 우선 우리 다섯 선수들에게 박수 부탁합니다."

짝짝!

홍설아의 멘트에 이어 박수가 나오자 다섯 어린이들이 의젓하게 인사를 했다. 아이들의 의상은 전부 궁중 의복이었다. 남자아이들은 왕세자의 익선관까지 갖추어 썼으니 포스 하나는 그럴듯하게 보였다.

"그럼 600회 특집극을 위해 자리를 빛내주실 오늘의 게스트를 소개합니다. 우선 대한민국이 자랑하는 세계 최고의 요리사, 이민규 셰프님입니다."

홍설아의 멘트가 민규를 가리켰다. 초대석의 첫 줄에 앉아 있던 민규가 일어나 손을 들어 보였다.

"와아아!"

우레 같은 환호와 박수가 터졌다. 민규는 다른 게스트들과 방청객을 향해서도 인사를 잊지 않았다.

"이민규, 이민규!"

몇몇은 연호까지 하다가 홍설아의 당부로 조용해졌다.

"다음은 중국요리의 전설, 하오펑 셰프십니다."

짝짝짝!

"이제는 우리에게도 익숙한 미지의 요리 개척자, 라미네 셰프님이십니다."

짝짝짝!

"분자요리의 일인자, 치아키 셰프님 오셨습니다."

짝짝짝!

"세계 요리계와 미식계의 거두, 루이스 번하드 님과 클랜튼 님께서도 귀한 시간을 내주셨습니다."

"와아아!"

여섯 게스트가 소개될 때마다 방청객들이 열광을 했다. 민규는 말할 것도 없지만 소개된 다섯 사람 모두 세계 요리계의 거장들. 그런 그들이 한자리에 모였으니 세계 요식업계의 핵심만 추렸다고 해도 과언이 아니었다. 그 뒷줄 역시 만만치 않은 사람들이 자리를 잡고 앉아 있었다. 이제는 노쇠한 박세가가 보였고, 변재순과 해인 스님도 보였다. 세 명의 전임 영부인도 나란히 자리를 잡았고 진우재와 권병규 등의 전문가, 장영순과 김순애 등의 여걸들도 빠지지 않았다.

"그리고 오늘 특별히 600회 특집을 위해 수고해 주실 두 셰프! 약선요리의 새 아이콘으로 불리는 셰프님들을 소개합니다."

홍설아의 목소리가 올라갔다. 특집 무대의 양쪽 문을 통해 두 셰프가 들어섰다.

"약선요리의 신성, 이종규 셰프입니다."

"와아아!"

방청석의 환호가 높아졌다. 종규의 등장이었다.

"이종규 셰프와 쌍벽을 이루는 강재희 셰프입니다."

두 셰프는 종규와 재희였다. 단아한 숙수 복장을 갖춘 둘은 특설 야외무대의 중앙에서 만나 방청석을 향해 인사를 했다. 민규의 얼굴이 또 한 번 반응을 했다. 자부심이자 보람이었다.

"멋진데요?"

민규 옆자리의 치아키가 엄지를 세워주었다. 그녀는 저 둘이 민규의 제자임을 알고 있었다.

"이종규, 강재희!"

몇 줄 뒤의 연호는 그치지도 않았다. 20여 명의 남녀는 민규의 사용대 수련 셰프 출신들이다. 이제는 세계 최고의 요리사 사관 학교로 등극한 사용대. 그들의 스승은 민규였지만 종규와 재희는 실전요리의 스승으로 조교 같은 역할을 했다. 그렇기에 한마음으로 응원을 나온 그들이었다.

"노덕수 셰프다!"

"이민정 셰프야!"

"박혜윤 셰프도 있어."

그들을 본 방청객들이 소리쳤다. 노덕수와 박혜윤은 올해 국제 요리 대회를 휩쓴 실력파들이었다. 이민정도 식치방 약선요리 대회에 이어 중국의 만한전석 대회 최종 우승자. 특집 방송은 시작도 하기 전부터 뜨끈해지는 분위기였다.

그 정점에 앉은 민규는 콧등이 시큰했다. 원래는 민규의 특별 출연이 요청된 자리. 담당 피디와 담판을 보았다. 300회에도 400회에도, 500회 특집에도 나갔던 민규였다.

그러니 600회는 색다른 약선요리의 장을 만들고 싶었다. 다행히 피디도 흔쾌히 수락을 했다. 행주방의 롱런은 민규의 기여도가 절대적이었으니 거절하기 힘들었다. 물론 거기에는 다른 제의 하나가 깔려 있었다. 종규와 재희의 출연이 아니라 또 다른 민규의 반향. 피디에게는 그게 결정적이었다.

축하공연이 시작되었다. 출연 가수는 엔딩퀸이었으니 그녀들도 이제 한류의 주역으로 자랄 만큼 국제적인 인기를 누리고 있었다. 노래가 끝나자 판이 제대로 벌어졌다.

"요리 대전이 있기 전에 다섯 먹보 선수들의 화려한 스펙(?)을 소개합니다."

홍설아가 화면을 가리켰다. 벽에 설치된 대형 화면에 영상이 들어왔다. 한준수였다. 그의 유치원이었다. 이 그림은 조병서 셰프가 제공한 것이었다. 나선태를 밀어내고 진짜 편식 교정 요리방으로 자리 잡은 조병서. 한 유치원에서 만난 극단주의 편식 마왕 한준수의 과거를 고발(?)하는 장면이었다. 이 아이는 콜라를 즐겼다. 삼시 세끼가 그랬다. 심지어는 밥도 콜라에 말아 먹고 아이스크림도 콜라에 녹여 먹었다.

한 달간 공을 들이고도 효과를 보지 못한 조병서. 민규에게 의뢰를 했다. 민규는 이독제독의 방법을 내주었다.

체기(滯氣). 놀랍게도 체기를 내리는 게 아니라 체하게 만들라는 처방이었다.

왜?

조병서는 되묻지 않았다. 민규가 아이 잡는 처방을 주었으리라고는 생각지 않는 까닭이었다.

콜라밥, 콜라국, 콜라김치, 콜라며적, 콜라떡, 콜라양갱……. 테이블을 콜라로 푸짐하게 차려주게 한 것. 아이의 편식을 부추기는 못된 처방이지만 요리에 쓰라고 준 물에 답이 있었다.

역류수와 순류수의 조합.

상반되는 두 초자연수를 역순으로 투입하니 부작용이 나왔다. 부조화로 인해 격한 정체가 일어난 것.

"우엑!"

속이 메슥거리자 아이는 구토를 하려 했다. 하지만 역류수의 힘과 순류수의 대치 때문에 속만 메슥거릴 뿐 토가 나오지 않았다. 용을 쓰게 둔 후에 역류수를 추가로 투입했다. 아이는 시원하게 토사물을 쏟아냈다. 세 초자연수로 아이의 극단적인 편식을 바로잡는 민규였다.

이후로 한준수는 콜라를 쳐다보지도 않았다. 콜라의 체기를 오장육부가 기억하면서 강력한 거부 반응을 보인 것.

　거부 반응 또한 민규의 도움으로 극복을 했다. 비위를 살리는 요리로 위장을 달래 콜라에 대한 거부감을 없애준 것. 그제야 준수는 편식 마왕의 마수에서 벗어나 오미를 즐기는 어린이로 변신을 했다. 절대 입에 대지 않던 쓴맛과 신맛, 매운맛도 OK였으니, 덕분에 유명세까지 탄 조병서였다.

　"으으……."

　콜라 탐식에 대한 화면이 나오자 어린 방청객들이 몸서리를 쳤다. 빵도 콜라에 적시고, 밥도, 라면도 콜라에 말아 먹으니 거부감이 들지 않을 수 없었다. 준수에게는 아픈 추억이지만 아이들에게는 산 교육의 역할이 되는 그림이었다.

　다른 세 아이의 편식도 상상 초월에 짐작 불가였다. 윤보람은 채소는 입에 대지 않았고 장우람은 쌀밥 외에는 무조건 거부였다. 민소라 역시 조병서 셰프를 골탕 먹이기는 오십보백 보.

　그런데…….

　마지막에 남은 막내 이하니 역시 편식 내공이 만렙에 달했다. 쓴맛과 신맛, 짠맛을 귀신같이 알아 완벽하게 분리해 내는 달인급 미각이었던 것.

　그런데…….

　그 이하니가 화면에 잡히자 민규도 화면에 함께 잡혔다. 그제야 방청객들의 눈치 레이더가 작동하기 시작했다.

　"이 셰프 딸?"

여기저기서 웅성거림이 나왔다. 그들의 추측은 100% 적중했다.

이하니.

민규의 딸이었다. 민규의 딸이 출연했으니 방청석이 출렁거릴 만했다. 거기에는 또 다른 이유가 있었다. 지금 출연 중인 건강 먹보들의 과거. 바로 어린 편식 마왕들. 하지만 이하니는 그 편식 마왕을 무력화시키고 대변신을 가져다주는 대한민국 최고의 약선셰프 이민규의 딸. 그 모순되는 팩트가 모두의 넋을 훔쳐 버린 것이다.

"이민규 셰프님의 딸이 맞습니다."

"얼마 전까지 편식 퀸이었던 것도 맞습니다."

우리 이 셰프님, 등잔 밑이 어두웠던 거죠.

홍설아가 민규를 바라보았다. 민규가 일어나 방청객들에게 손 인사를 보냈다.

와아아!

하하핫!

환호와 웃음이 녹화장을 덮어버렸다.

민규의 딸 하니.

민규와 남예슬 사이에서 낳았다. 결혼 후 이듬해에 둘은 사랑의 결실을 보았다. 우렁찬 울음을 터뜨린 하니는 귀요미 나라의 요정 같았다.

딸 바보.

갓난아이를 안은 민규의 모습이 딱 그랬다. 하지만 민규와 남예슬에게는 애로 사항이 있었다. 둘 다 바쁜 사람이라는 것. 별수 없이 하니 외할머니에게 신세를 졌다. 민규에게 부모가 없는 까닭이었다.

외가는 경기도 여주였다. 외교부 고위공무원으로 은퇴 후에 전원생활을 즐기던 외할머니와 외할아버지. 민규에 대한 신뢰는 하늘을 찔렀고 하니도 귀여워했지만, 결정적으로 요리를 잘하지 못했다. 둘 다 외교관 생활을 하느라 바빴던 것. 그럼에도 입맛은 세계적이었으니 각국에 대한 파견이나 근무 덕분이었다.

처음에는 민규도 사태의 심각성을 몰랐다. 쉬는 날이면 빠짐없이 딸을 보러 갔지만 아이가 어렸다. 게다가 외할머니가 끼고 놓질 않으니 아이를 맡긴 죄로 이것저것 참견하기도 그랬다. 편식의 심각성을 알게 된 건 두 번째 돌 때였다. 첫돌은 네덜란드 왕가의 초청 때문에 제대로 챙겨주지 못했던 민규. 마음먹고 하루를 비워 요리를 마련하게 되었다. 그때 외할머니가 말했다.

"하니는 그런 거 잘 안 먹어."

"……?"

민규의 첫 반응이었다. 등잔 밑이 어둡다고 하니에 대한 체질은 한 번도 리딩한 적이 없었다. 아이는 잘 크고 있었고 문제도 없었다. 그렇기에 굳이 체질 리딩까지 들이대지 않았던 것. 하지만 옛말이 진리였다. 등잔 밑은 제대로 어두웠으니,

약선요리왕 민규의 딸이 편식 공주가 되어 있었던 것.

"어머어머!"

하니의 편식 장면을 본 남예슬도 뒤집어졌다.

"엄마!"

그녀의 목소리가 찢어졌지만 민규가 말렸다. 외할머니, 외할아버지가 무슨 죄일까? 아이를 보는 일은 피곤한 일이다. 할머니 손님들을 치르면서 사무치도록 전해 들은 일이었다.

손녀 손자는 사랑이다.

그렇기에 할머니, 할아버지들은 애정을 아끼지 않는다.

그 사랑이 지나쳐 정도를 넘는 경우가 많다. 더구나 노년이 되면 활동량이 아이들을 따라가지 못한다. 아이들 수발을 드느라 하루 종일 움직여야 하지만 밤조차 편히 잠에 들지 못한다.

반성!

민규의 처방은 그쪽이었다. 외가를 탓하지 않았다. 게다가 편식 교정은 그리 어려운 일도 아니었다. 그렇기에 오히려 고맙게 생각했다. 그동안 하니에게 소홀했던 것을 만회할 수 있는 기회로 받아들인 것. 두 번째 생일 후로 하니는, 바로 편식 공주에서 벗어났다.

"세상에……."

편식 교정 과정을 지켜본 외할머니는 벌어진 입을 다물지 못했다. 영웅도 같이 사는 가족에게는 평범한 사람이라는 명

언처럼 세계 최고의 요리사 사위를 옆에 두고도 SOS를 보내지 않았던 외할머니와 외할아버지.

그들 역시 등하불명이었으니 민규와 남예슬의 궁합은 제대로 맞은 셈이었다.

"어머머……."

"세상에……."

하니의 편식 화면이 나오자 방청석의 부모들이 웅성거렸다. 약선요리의 대가 민규와 그의 딸 하니. 편식이 상상조차 되지 않는 그림을 보자 잠시 통쾌한 마음까지 드는 것이다.

"세상은 역시 공평하네?"

"그러게요. 이 셰프님 딸이면 저절로 골고루 먹을 줄 알았더니……."

방청객의 반응을 보던 피디의 입이 귀밑으로 올라갔다. 이하니의 출연은 대성공이었다. 당장 방청석의 반응이 그걸 대변하고 있었다. 시작부터가 대반전인 것이다.

"그럼 600회 특집, 어린이 오미 먹보왕 대회 편을 시작합니다."

분위기가 고조되자 홍설아가 본격적으로 진행을 알렸다.

다다닥!

사사삿!

조리대에 자리 잡은 종규와 재희가 요리를 시작했다.

둘의 동작은 이미 예전의 그 모습이 아니었다. 민규의 세련되면서도 패기까지 엿보이는 역동적인 모습이 장관이었다.

하지만!

둘이 다루는 재료 화면에서 모든 사람이 인상을 찡그렸다. 신김치와 식초, 레몬, 파인애플, 모과……

식재료는 한결같이 신맛의 궁극이었다.

─약선김치초밥.

─파인애플양갱.

─모과정과.

─레모네이드.

김치초밥에 올라간 김치는 세 종류였다. 배추김치와 무김치, 그리고 오이김치. 색깔만 보아도 푹 익은 느낌이 풍겼다. 밥에도 감식초가 들어갔다. 중화를 위해 조기와 숭어, 민어의 살을 올렸지만 신맛 덩어리라는 건 보기만 해도 알 일.

양갱 역시 파인애플이 듬뿍 들어갔다는 게 완연히 보였고 모과정과도 그랬다. 레몬 조각을 장식으로 끼워둔 레모네이드는 두말하면 잔소리.

"아이, 셔."

"으으……"

방청석에서 몸서리가 나왔다. 어른도 쉽지 않을 신맛 요리. 미뢰가 전성을 이루는 아이들이 먹을 수 있을까?

＊　　　＊　　　＊

"일단 제가 한번 맛을 보겠습니다."

홍설아가 김치초밥을 집어 들었다.

우물!

한 입 씹는 동시에 두 눈이 다 감겼다. 일반적으로 김치가 가장 맛난 산도는 0.8이다. 그러나 측정기에 나타난 첫 초밥 김치의 산도는 그 기준에서 두 배 이상 신맛이었다. 첫 초밥이라는 건 이후의 산도가 다르다는 것. 아이들 입에 맞게 만든 작은 사이즈의 초밥 세 개. 그 신맛은 두 배를 시작으로 세 배, 다섯 배까지 준비되어 있었다.

"허유!"

홍설아부터 혀를 내둘렀다. 신김치에 더해지는 초밥의 초밥 물, 거기에 레몬즙까지… 종규의 솜씨이기에 맛은 좋지만 신맛이 강한 것만은 명백한 팩트였다.

"방청석에서 누구 도전해 보실 분 있으신가요?"

홍설아가 좌중을 향해 물었다. 지원자가 나섰다. 유치원생 딸을 데려온 엄마였다.

"……!"

잠시 긴장한 엄마, 딸 앞이다 보니 용감하게 시식을 했다. 하지만 그녀의 한 눈은 자동으로 Closed가 되어버렸다.

"어때요?"

"시네요."

엄마가 혀를 내두르며 말했다. 기세에 질렸는지 딸은 입에 들어간 초밥을 도로 내뱉고 말았다. 색감이 기막힌 파인애플 양갱과 모과정과도 그랬다.

"너무 셔요. 아이, 셔."

딸은 눈물과 함께 혀를 내밀며 진땀을 흘렸다. 그걸 지켜본 방청석도 숨을 죽였다. 비주얼만 신 게 아니라는 걸 깨달은 것이다.

"우리 오미 먹보 여러분, 이 요리 먹을 수 있겠어요?"

홍설아가 먹보들에게 물었다. 잔뜩 내려간 분위기 반전을 위한 질문이었다. 아이들이 떼창으로 대답했다.

"네에!"

"조금 실 것 같은데 괜찮겠어요?"

"네에!"

아이들의 대답은 일단 전투적이었다.

"그럼 시작할까요?"

홍설아가 시작을 알렸다. 다섯 아이들이 초밥을 잡았다. 화면이 초밥을 클로즈업했다. 방청객들이 먼저 신침을 삼켰다.

아이, 셔.

아이, 셔.

하지만 먹보 아이들의 표정을 본 방청석에는 일대 반전이 일어나기 시작했다.

"어머, 쟤들은 안 신가 봐?"

"어머어머, 저걸 먹네?"

"어쩜… 어른인 나도 보기만 해도 눈이 감기는데……."

김치의 산도가 강해질수록 방청석의 안달이 깊어갔다. 두 배의 산도든 다섯 배의 산도든 거침없는 아이들이었다. 특별히 하니가 최고의 스포트라이트를 받았다. 다섯 먹보 중에서도 가장 어리기 때문이었다. 그렇기에 젓가락질도 가장 서툴지만 먹는 모습만은 기가 막히게 야무졌다. 초밥을 집어 씨간장을 살짝 묻히더니 얼굴 위 높이로 들어 아, 하고 입에 밀어 넣는다. 그런 다음에는 손으로 턱을 받치고 우물거린다. 눈 하나 깜빡하지 않는다. 먹는 도중 고갯짓까지 하니 모두가 홀릴 지경이었다.

최강 산도의 김치초밥에서는 무의 새싹을 몇 개 올리는 만행(?)까지 자행한다. 무 싹은 매운맛이 난다. 아이들이 좋아하는 맛이 아니다. 하지만 하니의 표정은 꿀맛 시식의 그 표정이었다. 카메라는 하니와 아이들의 '즐기는' 모습을 생생하게 잡아냈다. 다들 경쟁하듯 신맛을 즐겨 버리니 방청석은 완전 패닉상태로 변했다.

"아……."

신맛 접시가 깔끔하게 비워지자 홍설아가 탄식을 했다. 그녀의 손에는 텅 빈 접시가 들려 있었다. 다섯 아이 모두가 극강의 신맛을 태연히 해치운 것이다.

"한준수 어린이, 괜찮아요?"

홍설아가 확인에 들어갔다.

“네.”

“보람이는요?”

“저도 괜찮아요.”

“그럼 우리 하니는?”

홍설아가 꼬꼬마 하니에게 다가섰다. 하니는 몸을 배배 꼬며 한술 더 뜨고 나섰다.

“또 먹고 싶어요.”

“……!”

패닉의 공황이 한 번 더 녹화장을 몰아쳤다. 하니의 표정은 연기가 아니었다. 민규의 질박한 요리처럼 순수한 표정이 말하고 있었다.

“시지 않아요?”

“아뇨.”

하니가 고개를 저었다. 좌우로 젓는 고갯짓은 당차기 그지 없었다.

“그럼 혹시 더 신 것도 먹을 수 있어요?”

“네.”

“좋아요. 이 셰프님, 부탁합니다.”

홍설아가 종규를 바라보았다. 종규가 가져온 건 레몬 밀푀유였다. 각각 다섯 겹으로 저며낸 레몬 살 가운데 누룽지 튀김을 넣고 잣가루를 얇게 발랐다. 누룽지와 잣가루만 본다면 고소해 보이지만 레몬 때문에 침의 홍수를 부르는 신맛의 궁극.

"진짜 먹을 수 있……?"

홍설아가 묻는 사이, 하니가 밀뢰유를 물어버렸다.

바삭!

누룽지 튀김 부서지는 소리가 녹화장을 울렸다.

"……?"

홍설아는 눈을 의심했다. 방청객들도 그랬다. 하니는 미동도 없었다. 아작바작, 소리와 맛을 즐길 뿐이니 그 장면에 취하는 건 오히려 홍설아였다.

"괜찮아요?"

"맛있어요. 또 주세요."

하니가 두 손을 벌렸다. 홍설아는 휘청거리는 정신 줄을 수습하느라 애를 먹어야 했다.

두 번째 요리는 재희 손에서 나왔다.

—약선엄나무순산적.

—약선나물소방.

—궁중사삼병.

이번 요리 역시 비주얼은 먹음직스럽기 그지없었다. 아이들을 위한 세팅법 때문이었다. 소방은 귀여운 동물 얼굴 모양으로 나왔다. 고양이도 있고 돼지에, 토끼 모양도 있었다. 고양이 수염은 새우 더듬이를 튀겨 장식하고 토끼의 빨간 눈은 씨를 뺀 앵두알을 박아 보기에도 좋았다.

그러나 화려한 외양이 감추고 있는 본질은 쓴맛이었다. 엄나무순은 쓰다. 쓰기만 한 게 아니라 다른 향내도 진한 편이다. 쓴맛을 제거하는 거야 일도 아니지만 오늘은 본래의 쓴맛을 살려놓았다. 소방 역시 그 안에 쓴맛을 품고 있었으니 곰취와 머위잎, 박나물 등을 주재료로 다져 넣은 것. 좋아하는 사람에게야 향긋한 봄의 정취가 되겠지만 아이들에게는 쓴맛 폭탄이 될 수 있었다.

마지막 사삼병은 더덕이 주재료. 이 또한 쓴맛의 대표적인 식재료였으니 역시 아이들이 즐기기에는 쉽지 않은 구성이었다.

하지만 다섯 아이들은 거침이 없었다. 맛을 보는 탐색전 따위도 없었다. 더 놀라운 건 쌉쌀한 맛을 즐기기까지 한다는 것. 감초 역할을 하는 홍설아가 그냥 지나칠 리 없었다. 석류 모양의 세련미를 자랑하는 소방을 입에 물었다.

'움!'

미각이 격하게 쏠렸다. 토가 나올 정도는 아니었다. 그러나 푸근한 소 안에 쌉쌀한 맛이 명백했다. 어른들이야 이 맛에 입맛이 당긴다지만 아이들의 섬세한 미뢰는…….

그건 그저 홍설아의 선입견이었다. 다섯 아이들은 다투어 요리를 즐겼다. 마치 치킨이나 피자를 먹는 듯한 모습이다. 보람이는 한 입 베어 문 소방의 소를 확인하기까지 한다. 새우살이 들었지만 나머지는 대개 쌉싸래한 산나물 계열. 그걸 만족스레 입에 털어 넣어버린다.

사삼병도 다르지 않았다. 더덕은 쓴맛이 강하다. 쓴맛 날리는 전처리도 하지 않았다. 그럼에도 아이들은 아작아작 잘도 씹었다. 카메라가 다가오자 승리의 V도 잊지 않는다.

"아, 얘들 정말······."

홍설아조차 학을 떼고 있었다. 그녀 자신, 행주방 진행을 한 지 어언 10여 년. 숱한 출연자를 보고 숱한 요리를 먹었다. 그러나 이런 경우는 흔치 않았다. 성인 출연자 중에는 기괴한 식습관을 가진 사람이 많았지만 이렇게 어린 꼬맹이들의 오미 폭주는 처음이었다.

"여기서 검증 들어갑니다. 지금 우리 먹보들이 먹는 요리는 그 어떤 가공이나 속임수가 없다는 것."

홍설아가 목소리를 높였다. 종규와 재희가 요리 접시를 내주었다. 다섯 먹보들이 접시를 들고 게스트와 방청석을 돌았다.

"······!"

레벨 5의 김치초밥을 집어 문 치아키가 무너졌다.

"······?"

나물소방을 맛본 하오펑의 눈도 휘둥그레 변했다.

"······."

레몬 밀푀유를 맛본 루이스 번하드는 경외에 가까운 표정을 지었다.

"아빠!"

민규도 피할 수 없었다. 하니가 내민 건 사삼병이었다.

"맛있어?"

하니가 물었다.

"응, 꿀맛인데?"

"헤에……."

민규가 답하자 하니가 배시시 웃었다. 그 순간이 화면에 잡혔다.

'대박.'

피디의 피가 후끈 달아오르는 순간이었다.

방청석에서는 비명이 줄을 이었다.

"으악, 너무 셔."

"에퉤퉤!"

"셔서 못 먹겠어요."

아이들 도전자 상당수는 요리를 반납했다. 심지어 몇 명은 눈물을 찔끔거리기까지 했다.

자리로 돌아온 먹보들은 경연을 계속했다. 이어지는 건 극강의 자극성 음식이었다. 한국 음식 중에서 '자극' 하면 두 대표 선수가 꼽힌다.

—홍어.

—청국장.

두 음식은 냄새로 유명하다. 그러나 최근에는 숙성의 난이도를 많이 낮추었다. 홍어의 경우 너무 삭히면 소비자들이 싫어하기에 살짝 삭히는 게 대세. 청국장 역시 냄새 없는 청국장으로의 변신이 대세가 되고 있었다. 그러나 오늘은 사정이 달랐다. 심할 정도는 아니지만 적나라한 냄새를 감추지 않은 재료를 썼다. 그렇기에 두 요리가 나오기 무섭게 방청석이 요동을 쳤다.

"으악, 냄새!"

"고린내 나요."

"오줌 냄새도 나."

어린 방청객들은 일제히 몸을 사렸다. 그러자 홍설아가 분위기를 잡고 나섰다.

"여러분, 먹는 거 가지고 그러시면 안 돼요. 이 요리를 먹을 건강 먹보들은 어쩌라고요."

"……"

홍설아가 수습하자 소란이 잦아들었다.

"우리 먹보 어린이들… 지금까지 먹은 요리만 해도 굉장합니다. 하지만 지금 나온 요리는 난이도 만렙의 요리로군요. 홍어와 청국장은 민족적인 식품입니다. 홍어는 뼈 건강에 좋고 칼슘, 단백질, 철, 인 등이 듬뿍 들어 있고요, 청국장은 신진대사와 항암, 고혈압, 당뇨 등에 좋은 식품이지요. 그러나 냄새가 좀 나는 식품이라 많은 사람들이 꺼리기도 하는데 오늘 우리 어린 먹보 친구들이 도전장을 내밀겠다고 합니다. 그럼 요리 부탁합니다."

홍설아가 조리대를 가리켰다.

—약선홍어밀쌈.

—약선삼색홍어전.

—약선청국장전복구이.

—약선청국장해초샐러드.

네 가지 요리가 나왔다. 기막힌 비주얼 덕분에 홍어와 청국 장의 반감은 보이지 않지만 재료는 명백하게 확인이 되었다. 밀쌈 안에 들어간 홍어 살점이 그랬고, 전에 들어간 홍어 살 도 나박썰기로 썰어 육안으로 확인이 가능했다. 전복구이는 청국장가루를 뿌려 재워낸 것. 그걸 오븐에 구운 후에 고명으 로 청국장을 올리니 그 포스가 또 장난이 아니었다. 마무리로 나온 해초샐러드 또한 청국장 포스가 확실했다. 소스의 군신 좌사에서 군의 자리를 차지한 게 청국장이었다.

"먼저 홍어밀쌈입니다."

홍설아가 말하자 다섯 먹보들이 밀쌈을 집어 들었다. 방청 석은 일제히 긴장 속으로 들어갔다.

"참고로 말씀드리면 이 홍어는 제대로 삭힌 녀석들… 윽!"

홍어 살점 냄새를 맡던 홍설아가 몸서리를 쳤다. 그녀 혼자 당하기는 싫었던지 검증을 핑계로 게스트석에 돌렸다. 모두가 세계적인 셰프이자 미식가인 사람들. 그러나 그들에게도 홍어 삭힌 냄새는 그리 아름답지 않았다.

"이건 좀 힘들 거 같은데요."

홍설아가 고개를 저었다. 하지만 아이들은 아무렇지도 않은 듯 밀쌈을 먹었다.

후읍…….

콧등을 구기며 빡센 심호흡을 밀어낸다. 홍어 특유의 냄새 때문이었다. 그럼에도 누구도 뱉어내지 않았다. 단지 호흡 조절일 뿐이었다. 다섯 아이들은 입맛까지 다시며 홍어밀쌈을 해치웠다.

다음은 홍어전.

하니는 심호흡부터 했다. 홍어로 전을 부치면 냄새가 더 심해진다. 온도 때문에 숙성도가 강해지는 현상이 나타나는 것. 콧등을 잔뜩 구기고 가스를 방출하는 하니의 표정이 너무 귀여웠다. 모든 아이들이 다 대견하지만 그중에서도 하니였다. 더 어린 탓도 있지만 야무지고 의젓하게 먹는 모습 때문이었다. 복장 그대로 공주님 시식 포스다.

대형 화면을 통해 하니의 모습이 잡히자 방청석의 상당수가 공감의 박수를 보냈다. 자기를 향한 칭찬인 줄 알았는지 하니도 고사리손으로 몸을 흔들며 분위기를 돋운다. 정말이지 깨물어 버리고 싶을 정도의 끝장 귀요미 작렬이었다.

그리고…….

모두의 귀를 의심케 하는 또 한마디.

"더 주세요."

하니가 제일 먼저 빈 접시를 내밀었다. 작은 혀로 입술까지

핥아먹으며 입맛을 다시는 하니. 대본도 아니고 연출도 아니었으니 홍설아까지도 잠시 정신 줄을 상실하는 순간이었다.

＊　　　＊　　　＊

"……!"

녹화장이 숨을 죽였다. 이번에는 게스트들 차례였다. 꼬마 먹보들이 먹은 요리의 체험이었다. 치아키의 웃음은 억지 미소, '썩소'처럼 보였다. 특히 홍어가 그랬다. 하오펑 역시 썩소의 틀에서 벗어나지 못했다. 최상급으로 삭은 홍어는 숨조차 쉴 수 없는 상태였다.

"후어어!"

겨우 호흡을 가다듬는 라미네는 눈물까지 찔끔거리고 있었다.

그래도 민규와 클랜튼, 루이스 번하드, 라미네는 달랐다. 셋은 홍어의 맛을 뼛속까지 즐겼다. 최상의 맛에서는 살짝 오버하는 과숙성이지만 별미로 받아들인 것이다. 동시에 어린이들에게 존경심까지 들었다. 어린이들은 맛에 민감하다. 그럼에도 불구하고 어른들도 쉽지 않을 돌직구 오미를 즐기는 모습에 새삼 감탄할 뿐이었다.

"더 주세요."

이 말의 주인공은 라미네와 민규였다. 홍어 맛에 반하면 은

근히 당긴다. 민규는 홍어를 알기에 추가 주문을 넣는 만행(?)까지 자행했다.

"홍어 코 없나요?"

홍어 코.

홍어 한 마리에서 얼마 되지 않는다. 종규가 코를 내왔다. 홍어 코는 투명해 보였다.

"열두 점으로 부탁해요."

민규의 오더를 받은 종규가 열두 토막으로 잘라냈다. 코가 나오니 애도 빠지지 않는다. 애는 붉나무소금에 참깨를 살짝 묻히고 참기름에 씨간장을 둘렀다.

"자, 모두 한 점씩입니다."

민규가 먹보들과 게스트에게 한 점씩 돌렸다. 열두 조각이니 홍설아도 한 점을 받아 들었다. 세계 최고의 셰프들과 미식가들. 거기 더불어 어린 건강 먹보들. 각기 다른 모습으로 코와 애를 먹었다. 특집방송의 하이라이트였다.

"헤에!"

가장 해맑은 미소를 지은 건 역시 하니였다. 당연히 박수가 나왔다.

"그럼 오늘의 건강 먹보왕을 발표하겠습니다. 리모컨을 받으신 분은 누구나 투표에 참여할 수 있으며 방청석과 게스트들 모두 한 표로 인정합니다."

홍설아가 방법을 알려주었다. 민규도 리모컨을 받았다. 버튼은 1번부터 5번까지 다섯 개였다. 이 중 하나를 누르면 다수 득점자가 먹보왕에 오른다. 상품으로는 우리 농산물 한 박스가 준비되어 있다. 탈락한 네 명에게도 기념품은 푸짐했다.

"그럼 화면을 봐주시기 바랍니다. 대한민국을 대표하는 다섯 먹보들. 탄수화물과 지방질의 폭풍 흡입이 아니라 건강한 우리 맛을 가리지 않고 먹는 먹보왕입니다. 과연 어떤 어린이가 600회 특집의 먹보왕을 차지하고 이민규 셰프님이 준비한 최고의 농산물 선물을 가져갈 수 있을까요?"

홍설아의 시선이 다섯 먹보를 향했다. 아이들은 긴장하지 않았다. 자기만의 재기 발랄한 표정을 발사하느라 바쁠 뿐이다.

"1번부터 5번까지, 먹보왕을 결정해 주세요!"

홍설아가 분위기를 띄웠다. 다섯 어린이 뒤의 전광판에 점수가 올라가기 시작했다.

"……"

민규 손도 리모컨 위에 있었다. 마음속에는 하니가 있었다. 딸이라서가 아니었다. 다섯 중에서 가장 야무지게 먹었고 먹는 모습도 천진난만했다. 하지만 민규 손가락은 옆으로 이동했다. 하니는 민규 딸이다. 하니를 누르면 왠지 자기 자신에게 투표하는 것만 같았던 것.

"점수가 올라갑니다."

홍설아의 목소리도 함께 올라갔다. 궁금증을 못 이긴 다섯 아이들이 하나둘 뒤를 돌아보았다. 그 순간 전광판의 집계가 멈췄다.

"1번 한준수 어린이."

홍설아가 소리치자 1번의 점수가 공개되었다.

[166]

"166. 한준수 어린이를 먹보왕으로 추천한 표는 166표입니다. 다음은 2번 윤보람 어린이."

[202]

"202표가 나왔습니다. 현재까지 윤보람 어린이가 먹보왕을 달리고 있습니다."

"와아!"

홍설아의 말을 들은 윤보람이 두 손을 번쩍 들었다.

"세 번째 장우람 어린이 점수를 공개해 주세요."

[201]

"아, 우리 우람이, 한 표 차이로 2등에 등극합니다. 그럼 민소라 어린이로 갑니다."

[246]

전광판이 멈추자 방청석이 출렁거렸다. 최고 득표가 나온 것이다.

"246표, 246표입니다. 현재 1등으로 올라서는 민소라 어린이입니다."

"까아아!"

다섯 살 민소라가 박수를 치며 좋아했다.

"소라 어린이, 현재 1등인데 소감 어때요?"

홍설아가 물었다.

"좋아요."

"이제 남은 건 옆자리의 이하니뿐인데 이길 것 같아요?"

"네."

"이하니 어린이는 어떻게 생각하세요?"

홍설아가 묻자 하니는 귀엽게 고개를 저었다. 검은 두 눈이 반짝거리는 얼굴에는 귀여움이 넘쳐흘렀다.

"자, 마지막으로 이하니 어린이가 남았습니다. 과연 민소라 어린이를 제치고 먹보왕이 될까요? 아니면 민소라 어린이가 그대로 먹보왕이 될까요? 점수, 공개해 주세요."

두두두둥!

홍설아의 멘트와 함께 긴장 고조용 음악이 깔렸다. 하니의 시선이 전광판으로 향했다. 다른 아이들도 그랬다. 그리고, 전광판이 멈추는 순간 방청석에서 비명 아닌 비명이 터져 나왔다.

"까아악!"

"……!"

민규도 잠시 정신을 놓았다. 전광판에 새겨지는 숫자… 맨 뒤부터 공개가 되었다.

8이었다. 두 번째는 3이었다.

38.

238.

지레짐작한 방청석에서 아쉬운 탄식이 나왔다. 그러나 길지 않았다. 마지막 한 자리. 모두의 상상을 뛰어넘는 3이 나온 것이다.

[338]

하니가 홍설아를 돌아보았다. 아직 숫자 개념이 확실치 않은 하니. 홍설아의 반응을 기다리는 것이다.

"맙소사, 338점입니다. 이하니가 건강 먹보왕으로 등극합니다!"

홍설아가 소리치자 하니가 게스트석으로 뛰었다.

"아빠!"

아직 세 살이 채 되지 않은 하니. 급한 마음에 뒤뚱거리지만 넘어지지는 않았다. 그 귀요미 작렬에 방청객들이 또 넋을 놓았다.

"아빠!"

민규 품에 안긴 하니, 겨우 숨을 돌리며 민규 볼에 뽀뽀를 작렬했다.

짝짝짝!

뜨거운 박수가 터져 나왔다. 어느새 일어선 루이스 번하드와 클랜튼이 그랬고, 치아키와 라미네가 그랬다. 하오평 역시 박수를 멈추지 않았음은 물론이었다.

600회 특집 청사행주방. 폭발적인 반응 속에 녹화를 끝냈다.

"저깁니다."

민규가 언덕 위를 가리켰다. 거기에 하얀 담장의 집이 보였다. 서울타워가 마주 보이는 장충동이었다. 민규 차에는 루이스 번하드와 라미네가 타고 있었다. 하니는 물론이었다. 뒤따르는 종규 차에도 손님이 있었다. 하오평과 치아키였다. 민규의 집들이(?)였다. 클랜튼만은 싱가포르에 중요한 미팅이 있다며 빠졌다.

어렵게 한자리에 모인 지인들. 촬영 전에 민규의 집을 궁금해했다. 민규의 결혼식에도 참석했던 사람들. 그때는 집을 소개하지 못한 까닭이었다.

"엄마다!"

뒷좌석의 하니가 엉덩이를 들썩거렸다. 저택 앞에 남예슬이 나와 있었다. 오늘, 그녀는 오전 촬영만 예정되어 있었다. 녹화장에 올 수도 있었지만 집들이 준비를 위해 남은 것이다.

"엄마!"

차에서 내린 하니가 엄마에게 뛰었다. 넘어질 듯 불안하지만 하니의 중심은 무너지지 않았다.

"하니."

남예슬이 하니를 안아 들었다.

"내가 먹보왕 먹었어."

하니가 자랑질에 들어갔다.

"정말?"

"응."

"이야, 우리 하니, 대단한데?"

"그렇지? 나 음식 안 가리고 잘 먹었어. 신 것도 먹고 쓴 것도 먹고."

"그랬어?"

"상도 받았어. 이만큼."

하니의 두 손이 허공에 포물선을 그렸다.

"수고 많았어."

남예슬의 입술은 하니의 볼에서 떨어질 줄을 몰랐다.

"안녕하세요?"

그래도 손님들에 대한 인사는 잊지 않는 그녀.

"안녕하세요?"

루이스 번하드와 라미네가 다가와 인사를 했다. 그사이에 종규 차도 도착했다. 하오펑과 치아키도 내렸다.

"우리 하니, 선생님들에게 집 소개 좀 해줄 수 있을까?"

눈높이를 맞춘 민규가 하니에게 당부를 했다.

"응, 문제없어."

하니의 자신감은 여전히 굽혀질 줄을 몰랐다.

"여기가 우리 집이에요."

대문 앞에서 야무지게 시작한다. 그 목소리를 따라 흰 대문이 열렸다. 궁궐 문을 닮은 소나무 문이었다.

"들어오세요."

토실한 잔디 위에서 하니가 손님을 맞았다. 두 손을 모아 배꼽에 두고 고개를 조아리는 모습을 보니 정말이지 깨물고만 싶은 마음이었다.

"와아……."

작은 정원에 들어선 손님들이 환호를 쏟아냈다. 아담한 연못이 딸린 마당은 어찌나 소담한지 자연의 일부로 보였다. 애써 비싼 조경수나 정원석은 놓지 않았다. 정원의 나무들은 작지만 부드러웠고 연못의 풀들도 그저 흔한 것들이었다. 잔디의 중간중간 펼쳐지는 민들레 군락이나 쑥부쟁이, 구절초 등도 그랬다. 민규의 요리가 마당에 장식된 느낌이었다.

"너무 편하네요. 어릴 때 뛰어놀던 작은 들판에 온 기분이에요."

치아키가 넋을 놓았다. 다른 손님들 역시 시선을 뺏기기는 마찬가지였다.

"연못에는 내 친구들이 많이 있어요. 하지만 조심하셔야 해요. 친구들은 겁이 많거든요."

하니가 연못을 가리켰다. 작은 물고기들이 올망졸망 숨을 쉬고 있었다. 하니가 손을 넣자 다가와 톡톡톡 인사를 하는 모습도 보였다. 치아키와 라미네가 따라 했다. 긴장이 풀리는 것 같아 기분이 좋았다.

"기분이 좋죠?"

하니가 어른스레 묻는다.

"응."

치아키도 하니처럼 해맑게 웃었다. 하니가 연못이고 연못이 하니 같다. 덕분에 잠시 세상을 잊는 기분이었다.

"들어오세요. 이민규와 남예슬, 그리고 이하니의 집입니다."

현관 앞에서 하니의 귀요미가 또 한 번 폭발했다. 제대로 가이드였다.

"와아."

거실에서 손님들은 또 자지러졌다. 벽을 장식한 수많은 기념품들 때문이었다. 영국 여왕의 것부터 대통령의 하사품, 나아가 세계 각국 지도자와 재벌들, 혹은 손님들의 정성 어린 선물들이 빼곡했다. 그 안에는 루이스 번하드의 것도 치아키의 것도, 라미네의 것도 있었다.

"제가 드린 선물도 있어요."

치아키가 소스라쳤다.

"당연하죠. 제게 소중한 분이니까요."

하니를 안아 든 민규가 웃었다.

"어머, 이럴 줄 알았으면 더 좋은 걸 드리는 건데… 제 것이 가장 초라해 보이잖아요?"

"대신 가장 정성스럽죠."

민규 생각은 달랐다. 그 말에 또 한 번 감동하는 치아키였다.

"우리 하니, 다음 차례는 뭐죠?"

민규가 물었다.

"식사요."

하니가 소리친다. 민규가 내려주니 쪼르르 주방으로 달린다.

"엄마!"

이제는 남예슬의 품을 파고드는 하니. 어느새 행주치마를 두른 남예슬은 가정주부로 변신해 있었다.

"가시죠. 간단한 식사를 마련했습니다."

민규가 손님들 등을 밀었다.

테이블에 앉자 요리가 나오기 시작했다. 세팅은 남예슬이 맡고 민규는 보조를 맡았다.

—화면.

―연근백김치.

―살구떡행병.

―조란율란강란.

―무화과양갱.

요리는 다섯 가지였다. 색감이 고왔다.

"많이들 드세요."

남예슬이 영어로 요리를 권했다. 방송국에서 시식을 하고 왔기에 가벼운 상차림 구성이었다. '화면(花麪)'은 스타일이 변했다. 오미자에 녹두 국수. 그 구성은 변함없지만 육수가 달랐다. 마치 크림파스타처럼 걸쭉한 것이다. 외국인 손님을 위한 새로운 구성일까?

연근백김치의 맛도 나쁘지 않았다. 눈처럼 새하얀 색이라 외국인들도 거부감이 없었다. 무엇보다 아삭거리는 식감이 더욱 입맛을 높였다. 그리고 목 넘김 후에 남는 아련한 숲과 바다의 향기… 손님들이 하나둘 고개를 끄덕거렸다.

"역시 이 셰프님이시라니까요. 저는 한 그릇 더 먹고 싶어요."

치아키가 추가 주문을 했다.

"맛나게 먹어주시니 고맙습니다. 그런데 오늘 요리는 제가 아니고 제 아내가 만든 것입니다."

"……!"

손님들의 시선이 튀었다. 세계적인 요리사 이민규의 집. 거기서 나온 요리니 당연히 민규 솜씨로 알았다. 비주얼로 봐도 그런 쪽이었다. 그런데, 남예슬 작품이라니?

"정말입니까?"

루이스 번하드가 물었다.

"예, 정말입니다."

"오오, 인크레더블."

루이스 번하드 눈이 휘둥그레 커진다. 동시에 남예슬의 볼에는 살굿빛 홍조가 떠올랐다.

"대단하군요. 우린 아무 생각 없이 이 셰프의 요리겠거니 하고 먹던 참이었는데……"

하오펑도 놀란 표정이다.

"뭐 해? 설명드리지 않고?"

민규가 남예슬을 바라보았다.

2. 반전의 집들이 셰프

"우리 셰프님 흉내만 냈는데 칭찬해 주시니 고맙습니다."

남예슬이 고개를 숙였다. 얼굴의 홍조는 진한 살굿빛으로
변해 있었다.

"이 셰프 와이프는 한국의 연예인 아니었습니까?"

라미네가 물었다.

"맞습니다."

"그런데 어떻게 이렇게 요리를… 이 셰프께서 초강력 트레
이닝이라도 시킨 겁니까?"

"그건 아니고요, 결혼하기 전에 나온 아내의 제안이었습
니다."

민규가 남예슬을 바라보았다.

"제안이라면?"

"아시다시피 제가 요리밖에 모르지 않습니까? 덕분에 연애도 서툴러 진도를 빼지 못하고 있었는데 어느 날 저 사람이 그런 말을 해요. 만약에 저와 결혼하게 되면 집안 식사는 자기가 책임지겠다고요. 하루 종일 요리로 피곤한 사람에게 자기 요리까지 시킬 수는 없다고요."

"……!"

"그 마음이 너무 고마워 결혼하게 되었지요. 그 후로 정말 집안 요리는 아내가 맡고 있습니다. 특별한 날의 특별한 경우는 제외하고요."

"그러니까 두 분의 결혼은 와이프가 먼저 프러포즈를 한 것이군요?"

"결과적으로는 그렇지만 저도 아내를 많이 좋아했습니다. 아내가 하지 않았으면 제가 했을 겁니다."

"와우!"

라미네가 박수로 환호했다. 손님들 모두가 뜨거운 박수를 보내주었다. 민규의 웨딩 비하인드 스토리가 폭로되는 순간이었다. 남예슬을 당겨 손을 잡았다.

그녀는 정말 열심히 요리를 배웠다. 신혼 초기, 촬영 때문에 늦는 날도, 새벽에 나가야 하는 날도 민규의 식사만큼은 꼭 챙긴 사람이었다.

"결혼하면 셰프님 식사는 제가 챙길 거예요. 그것만은 약속해요."

남예슬의 고백은 아직도 민규 귓가에 따뜻하게 남아 있었다. 저기 모락모락 김이 올라오는 살구떡행병처럼.

"그럼 요리 루키의 설명을 들어볼까요?"

라미네가 귀를 세웠다.

"번데기 앞에서 주름 잡는다… 이런 경우가 될 것 같아서 염치없기는 한데… 제가 이 요리에 선택한 약선 식재료는 해죽순이었습니다."

남예슬의 설명은 영어로 나왔다. 외교관 부모님을 둔 남예슬. 당연히 영어를 할 줄 알았다. 그 외에도 일본어와 중국어도 어느 정도 가능했던 것.

"해죽순?"

라미네가 치아키를 바라보았다.

"해죽순은 바닷가에 자생하는 죽순의 이름입니다. 저의 셰프님에게 부탁하면 약수를 얻을 수 있겠지만 저이를 피곤하게 하는 것 같아서요. 다행히 좋은 해죽순을 구할 수 있어서 여러분 입맛에 조금 다가설 수 있었나 봅니다."

"해죽순……"

"화면은 우리 셰프님이라면 당연히 시원한 육수를 쓰지만 여러분이 외국에서 오셨잖아요? 그래서 파스타 스타일로 만들었어요. 육수는 당연히 해죽순 우린 물을 넣었고요. 백김치와 살구떡 찌는 물, 조란과 율란, 양갱을 만들 때도 해죽순을 응용했습니다."

"오호, 대단하군요."

"고맙습니다."

"그렇다면 혹시 왜 해죽순을 썼는지도 알 수 있을까요?"

"어머, 그걸 설명하려면 분자요리의 대가이신 치아키 님 앞에서 주름을 잡아야 할 텐데요?"

남예슬이 치아키를 바라보았다.

"잡으세요. 잡을 만하십니다."

치아키가 웃었다.

"그러시면 치아키 님, 해죽순의 화학식이 −OH라고 외웠는데 맞나요?"

"네."

"역시 아시는군요. 그럼 여기서 혈관으로 가겠습니다. 사람이 건강하려면 혈관이 건강해야 하는데 문제는 혈전이죠. 혈전이 쌓이면 당뇨를 시작으로 뇌졸중, 치매까지 유발할 수 있습니다. 그런데 이 혈전의 화학식이 CH라고 하더군요. 이걸 합치면 CH_2O인데 H_2O는 물이고, C는 탄소이니……."

"해죽순이 인체에 들어가면 혈관에서 혈전을 만나 혈액순환을 돕고 C는 방귀가 되어 항문으로 간다?"

라미네가 고조되었다.

"제 생각은 그렇습니다. 그밖에도 해죽순에는 미네랄이 풍부해서 우리 셰프님이 말하는 오장육부를 즐겁게 해주지요. 게다가 항산화물질에 항암효과, 면역력 강화. 조심할 것은 궁합이 맞지 않는 우유뿐이니 좋은 식재료 덕분에 제 굼뜬 실력을 감출 수 있었습니다. 실은 몸에 좋은 몇 가지 재료를 더 넣으려다 그러면 이도 저도 아닌 잡탕이 될 것 같아 해죽순만 썼는데 운이 좋았던 거죠."

"그렇다면 이 셰프님, 정말 이 요리에 관여하지 않은 겁니까?"

라미네가 확인에 들어갔다.

"네."

짝짝!

민규가 답하자 라미네가 박수를 쳤다. 척 봐도 부창부수였다. 그렇기에 이런 감동이 나오는 것이다. 결코 민규의 아내라서 보내주는 박수가 아니었다.

"놀랍군요. 감쪽같이 몰랐습니다. 저는 무슨 맛 덩어리 약수라도 넣은 건가 하고 골똘해 있었는데……."

"그건 저도 마찬가지입니다."

루이스 번하드도 끼어들었다.

"여러분의 평은 우리 셰프님의 후광효과로 알겠습니다."

남예슬이 민규 어깨에 살며시 기댔다.

"그런데 아직도 셰프님이라고 부릅니까?"

이 질문은 치아키의 것이었다.

"네. 이분은 제 영원한 셰프님이거든요."

"와우, 진짜 멋진 커플이군요."

치아키가 기립 박수를 쳐주었다.

마무리 차 역시 해죽순 차가 나왔다. 좋은 재료로 진하게 끓여낸 해죽순 차. 바다와 숲의 속삭임에 예슬의 정성까지 깃들었으니 오장이 시원해졌다.

"아아, 진짜 미치겠군요."

차를 마시던 치아키가 고개를 저었다.

"왜요? 차가 안 맞습니까?"

민규가 물었다.

"그럴 리가요? 그냥 낙담이에요. 이 셰프님에게 절망한 제 요리가 이제 좀 나아지나 싶었는데 또 다른 복병을 만났으니……."

"흐음, 그럼 내친김에 제 와이프와 한판 떠보시겠어요?"

민규가 짐짓 익살을 떨었다. 그러자 남예슬이 손사래를 치며 수습에 나섰다.

"안 돼요. 내가 어떻게 감히 치아키 님과……."

"그건 나도 마찬가지예요. 이 셰프님 제치고 주방을 차지한 분인데 제가 어떻게 감히……."

치아키의 응수가 나오자 테이블은 웃음바다가 되었다.

하하핫!

하하핫!

영상이 돌아갔다. 민규의 서재이자 연구실이었다. 작지만 강력한 자료의 보고. 정조의 규장각 안에 있는 서고의 이름을 본떠 '개유와'라고 지었다. 이 작명은 남예슬의 건의였다.

"정조께서 아끼던 책을 보관하던 공간이라고 배웠어요."

정조가 아끼던 자료를 보관하던 곳. 민규에게는 차고 넘치는 의미였지만 호사 한번 부려보기로 했다. 그 안에는 민규의 요리 자료와 활동 자료, 요리 영상, 기타 등 민규가 새로 낸 두 권의 요리책이 있었다. 요리책은 격년으로 냈지만 둘 다 폭발적인 인기를 끌었으니 발행부수만 100만 부를 넘고 있었다. 그러나 인세는 따로 챙기지 않았다. 수입 전액을 고요리서 발간을 주관하는 단체와 요리 대학에 재학 중인 가난한 학생들에게 기부했던 것. 민규의 수입은 그게 아니더라도 '충분'했다.

"나옵니다."

라미네가 화면을 보며 말했다. 나란히 앉은 루이스 번하드와 치아키, 하오펑이 시선을 고정시켰다. 화면의 그림은 요리였다. 그러나, 완전히 다른 요리였다.

[우주식]

화면을 채운 요리는 우주인을 위한 우주식이었다. 동결건

조 된 식품인 것이다.

"아, 저거로군요."

루이스 번하드가 웃었다. 그가 웃는 이유가 있었다. 저 우주식 개발을 미 항공우주국에 추천한 게 루이스 번하드였던 것.

"지구를 대표하는 요리사가 마땅히 우주식을 만들어야 하지 않겠습니까?"

뉴욕의 전문지에 칼럼으로 쓴 글이었다. 미국의 주요 일간지에도 실렸다. 루이스 번하드의 제안은 사실 민규에 대한 자부심일 뿐이었다. 그런데 미 항공우주국이 바로 화답을 했다.

"새 우주식 개발의 일체를 셰프님께 맡기고 싶습니다."

연락을 받은 민규, 그 발단이 루이스 번하드임을 알았다. 국제전화를 걸자 루이스 번하드의 대답이 또 걸작이었다.

"지구를 대표하는 우주인의 먹거리라면 당연히, 이 셰프님이 참여해야 하는 것 아닌가요?"

시원한 발언은 또 다른 도미노를 낳았다. 미국에 이어 중국, 러시아 우주국까지 의뢰를 해온 것이다. 중국의 주석과 러시아 대통령 모두 민규의 팬이었기에 가능한 일인지도 몰랐다.

우주식의 핵심은 건조, 동결, 진공포장이었다. 그러나 우주식은 오미와 오행 외에도 고려해야 할 사항이 많았다. 오랜 시간 우주공간에 있는 것이니 영양까지 고려해야 했던 것.

여기서 민규의 절육 내공이 빛을 발했다. 단백질이나 식이 섬유 등 가능한 재료에 절육을 응용해 준 것. 새롭게 떠오른 단백질의 왕 달팽이도 그랬고, 전복도 그랬다. 조각처럼 아름다운 절육에 초자연수와 육천기의 활기까지 듬뿍 녹여냈다. 맛도 색도 모양도 최고의 제품으로 나왔으니 우주인들의 환호는 당연한 것이었다.

[이민규 셰프의 요리, 우주로 가다.]
[지구는 좁다. 우주로 가는 국가대표 약선요리사]
[우주식도 이제 약선요리 시대]

민규의 약선요리가 미 항공우주국의 정식 우주식으로 채택된 날 나온 뉴스와 신문의 헤드라인들이었다. 중국이 그 뒤를 이었다.

아사삭!

아자작!

모두가 집중할 때 청량한 소리가 들렸다. 소리의 주인공은 하니. 우주식 샘플을 가지고 들어오며 먹어버린 것. 오물거리는 표정과 어우러지는 **빵빵한** 볼은 사랑을 부르는 마법이었다.

"너무너무 귀여워요."

치아키가 하니를 품에 안았다.

"사실 저때의 압권은 우주식보다 우주인 치료였죠."

루이스 번하드가 지난 기억을 불러왔다.

미 항공우주국.

한국의 항공우주산업 전력투구 선언 후에 우주식 개발을 논의할 때였다. 베테랑 우주인 두 명이 평가에 참가했다. 우주인을 만나는 건 또 다른 자극이었다.

우주에서 먹는 요리의 맛은 어떨까? 민규에게 새로운 지평을 열어줄 미지였다. 두 사람의 경험담은 굉장한 도움이 되었다. 그리고 그들도 사람이기에 우주에서도 먹고 싶은 것이 많다는 것도 알게 되었다.

카수엘라.

감바스 알 아히요.

프리타타.

3단 햄버거.

카수엘라는 닭조림이고 알 아히료는 새우요리다. 프리타타는 오믈렛이니 그들의 소망도 지구인과 하나도 다르지 않았다. 그러나 다른 게 하나 있었으니 우주인 생활을 마치고 지구로 귀환한 후에 걸리는 질병이었다.

골다공증.

둘의 공통 고민이었다. 민규의 눈으로도 리딩이 되었다. 그들의 뼈는 부실했다. 행여 강한 자극이라도 받으면 산산조각이 날 판이었다.

우주인은 왜 골다공증에 취약할까? 원인은 중력 때문이었다. 인간의 뼈는 자극을 받아야 커지고 밀도도 조밀해진다. 그래서 운동이 필요한 것이다. 걷고 달리고 일하면 뼈는 단단해진다. 그러나 우주는 무중력. 자극이 없으니 뼈의 밀도는 곤두박질을 치게 된다. 골다공증이 초고속으로 찾아오는 것이다. 골다공증에 좋은 건 운동과 칼슘. 만약 흡연자라면 금연 또한 보약에 속한다.

우주인들은 물론 귀환 후에 적당한 운동과 함께 칼슘을 처방받았다. 그러나 단기간에 빠져나간 뼈세포가 많았으니 애로가 이만저만이 아니었다.

그날 민규는 즉석요리 하나를 선보였다. 두 우주인이 우주에서 그리워하던 닭조림이었다. 공통 식재료는 닭에 마늘, 양파, 자두로 간단했다. 한국형 뚝배기에 넣고 한 마리씩 조려냈다.

뜻밖의 선물을 받은 우주인들은 민규의 요리를 맛나게 비워냈다.

귀환한 후로 세 번이나 먹어 조금 질렸음에도 이 맛은 달랐다. 추가로 들어간 체질식 때문이었다.

금발의 우주인은 木형이었다. 그의 뚝배기에는 들깻가루와 귀리를 넣어주었다. 초자연수는 상지수를 기본으로 넣고 간에 좋은 지장수와 방제수를 추가했다. 자작자작 졸아든 뒷맛은 차라리 마약이었다.

흑발의 우주인은 火형이었다. 그는 금발과 달리 골열도 있었다. 그렇기에 앞니도 건조해진 상황. 일단은 은행 몇 알과 홍차가루를 끼워 넣었다. 그 처방 역시 그의 입맛에 최적이었다. 둘은 정신없이 닭을 해치웠다. 더구나 그 닭은 우레타공으로 뼈를 흔적도 없이 발라낸 작품이었다.

"기운이 펄펄 나는 것 같습니다."

식사 후에 두 우주인이 기세를 떨쳤다. 그때까지만 해도 모든 사람들, 심지어는 루이스 번하드까지도 카수엘라에 숨겨진 의미를 모르고 있었다. 그 놀라운 의미는 우주식 개발에 관한 토의가 끝난 후에 밝혀졌다.

"두 분, 골밀도검사 한번 해보시겠습니까?"

민규의 제의가 신호였다. 아침에 정기 골밀도검사를 한 두 우주인, 처음에는 민규의 제의를 가볍게 거절했다.

"변화가 있을 겁니다. 아까 먹은 카수엘라가 골다공증 약선 요리였거든요."

세계가 인정하는 약선요리사. 항공우주국도 그냥 무시할 수 없었다.

"……!"

퀵 테스트를 받은 두 우주인, 아침과 다른 검사 결과 앞에 돌부처가 되고 말았다. 그들이 받아 든 검사지의 골밀도는 거의 정상치에 육박하고 있었다.

"셰프님……."

우주인과 더불어 우주국 책임자가 민규를 바라보았다.

"지구를 대표해 우주에 나간 분이었습니다. 이 정도 서비스는 해드려야죠."

민규는 그저 웃을 뿐이었다. 둘의 요리에는 지황과 녹용, 쇠무릎 약재를 적정하게 첨가했다. 지황과 쇠무릎은 뼈에 좋다. 녹용도 마찬가지. 다만 골열이 있는 흑발 우주인에게는 구기자뿌리가루를 따로 넣어 열을 잡아주었다.

"우왓, 그리고 보니……."

흑발은 한 번 더 홍분했다. 골다공증에 더불어 찜찜하던 골열이 사라진 것.

시간이 충분해 다른 약재까지 동원할 수 있었다면 정상치까지도 맞춰줄 수 있었을 민규.

"An eye for an eye and a tooth for a tooth. 이 정도면 우주인에게 어울리는 처방이 되겠죠?"

쾌속 방전, 쾌속 충전.

민규식으로 해결한 우주인 질병 약선요리는 대호평일 수밖에 없었다. 그 경험은 한국의 우주인 우주식에도 큰 영향을 미쳤다. 지금 박차를 가하고 있는 대한민국 우주선 발사 작업. 민규의 한국형 우주식이 일찌감치 지정된 것도 그 덕분이었다.

"그때 우주인들이 한 말은요? 저는 그게 더 감동이었는데?"

루이스 번하드가 민규를 바라보았다.

"뼈 안에 또 하나의 우주가 들어온 거 같다는 말이요?"

짝짝!

민규가 답하자 손님들에게서 따뜻한 박수가 나왔다. 민규의 집들이는 그렇게 막을 내렸다.

3. 최고는 사람을 가리지 않는다

　"우와!"

　라미네와 치아키의 입이 벌어졌다. 이번에는 초자연수였다. 상지수와 납설수, 추로수를 주었으니 민규의 사용대가 자랑하는 무적의 약수였다.

　"이 물을 마시려고 영국 황태자가 세 번이나 더 다녀갔다면서요?"

　라미네가 물었다. 테이블에는 여권과 티켓이 있었다. 네 손님은 나란히 출국 전, 떠나는 손님의 배웅을 위해 인천공항 분점에 나온 민규였다.

　"뭐 좀 더 드릴까요?"

점장 종규가 물었다.

"충분해요. 여기서 더 예뻐지면 곤란하거든요."

물잔을 든 치아키가 웃었다. 추로수에 대한 만족감의 표현이었다.

"이 셰프님 요리 때문에 종종 왔지만 이제는 하니 때문에라도 더 자주 와야 할 것 같네요. 별빛 닮은 눈동자와 맑은 미소가 머리에서 떠나질 않아요."

루이스 번하드는 핸드폰을 보고 있었다. 하니를 안고 찍은 사진이었다. 몇 시간 되지 않지만 하니는 손님들의 혼을 쏙 빼놓았다. 심하게 말하면 민규의 요리보다도 더 대박 인기였다.

"내친김에 아예 데려가지 그러셔요?"

치아키가 조크를 던졌다.

"실은 이 셰프님에게 딜을 해봤죠. 그랬더니 단칼에 거절이더라고요."

루이스 번하드도 조크로 받아친다. 민규로 인해 격의가 없어진 손님들이었다.

"저는 하니보다 제 제자 부탁을 한 번 더 드립니다."

하오펑의 관심은 다른 데 있었다. 교환학생 제도처럼 그의 제자 하나와 민규의 제자 하나를 교차로 보내기로 한 것. 그 한 명을 선발하는 데 골을 썩인 하오펑이었으니 쌍둥이 곽바오와 곽베이는 물론이오, 10여 년 전에 휘하를 떠나 독립한 제자까지 선발전에 나섰던 것.

"그건 염려 마십시오. 부탁을 드릴 건 오히려 접니다."

민규가 겸손히 답했다. 서로가 한 명씩 보내고 받는 것이니 득실이 있을 수 없었다.

"그럼 그만 일어나야겠네요. 탑승 시간이 다 되었습니다."

"저도요."

하오펑에 이어 치아키도 일어섰다. 비슷한 시간대의 탑승이 다 보니 모두가 한꺼번에 자리를 뜨게 되었다.

"나오지 마십시오. 머잖아 또 올 것이니."

라미네가 대표로 말했다. 종규와 함께 손님들을 배웅했다. 이제 남은 사람은 루이스 번하드 한 사람. 그와 함께 탑승구까지 함께 걸었다.

"이민규 셰프다."

민규를 알아보는 사람들이 소리쳤다. 카메라를 들이대면 포즈를 잡아주고, 원하는 사람이 있으면 인증 숏도 찍었다. 이제는 민규의 일상이 된 일이었다.

"프랑스에는 언제 오시죠?"

탑승구 앞에서 루이스 번하드가 물었다.

"다음 달에 받은 초대가 있습니다."

"다음 달이면 저도 프랑스에 있습니다. 셰프님을 또 볼 수도 있겠군요."

"떠나기 전에 연락드리겠습니다."

"하니와 와이프도 오나요?"

"그건 잘… 와이프 스케줄이 만만치 않아서요."

"하긴 대한민국 최고 스타시니까요. 아무튼 기대하지요."

루이스 번하드가 손을 내밀었다. 그와의 악수는 언제나 따뜻했다.

배웅을 마치고 가게를 향해 걸었다. 그러다 가게가 가까워졌을 때였다. 피부가 까무잡잡한 여자가 눈에 들어왔다. 그러고 보니 아까도 본 적이 있었다. 손님들과 대화하던 중에 가게 창밖에서 아른거리던 여자. 20대로 보이는 외모는 동남아쪽 사람 같았다.

"……!"

기척을 느낀 여자가 고개를 들었다. 그러고는 확 굳어버렸다.

"Can you speak Korean?"

"네……."

여자가 넋 놓고 대답을 했다. 발음은 괜찮았다.

"가게 들어가려고요?"

"아, 아뇨."

여자가 한 발을 물러섰다. 이마에는 식은땀까지 송골송골하다. 너무 당황스러워하니 민규가 미안할 정도였다.

"요리에 관심 있어요?"

끄덕!

여자가 고개를 끄덕였다.

"그렇군요. 한국 유학생? 아니면 한국에서 일하는 사람?"

민규가 물었다. 한국어의 숙련도를 보니 여행차 온 것 같지는 않았다.

"유학생요. 요리……."

"요리?"

"네, 지방대학에서 요리를 전공했어요."

"우와, 그럼 한국으로 요리 유학을 온 거네요?"

"네, 이민규 셰프님."

그녀는 민규를 정확히 알고 있었다.

"우와, 나도 알아요?"

"그럼요. 셰프님을 존경해요."

"뭘 존경까지나. 그럼 지금은 입국하는 거예요? 출국하는 거예요?"

"출국요."

"아주 가는 거예요?"

"……."

"앗, 내가 괜한 걸 물었나요?"

"아뇨. 저는 한국에 있고 싶은데 요리를 배울 곳이 없어요."

대답하는 여자의 눈에 이슬이 비쳤다.

"무슨 요리를 배우고 싶은데요?"

"한국요리요."

"그런데 일자리가 없어요?"

"몇 군데 서류를 내봤는데 서류에서 전부……."

탈락!

그녀의 표정이 말하고 있었다.

"홈타운은 어디예요?"

"캄보디아 캄퐁사옹, 바닷가의 작은 도시예요."

캄보디아.

여전히 가난하다. 그렇기에 한국 유학 오기가 쉽지 않은 나라였다.

"왜 떨어진 거 같아요?"

"제가 성적도 나쁘고 얼굴도……."

그녀가 고개를 떨궜다. 피아비라는 이름을 가진 이 여학생은 대나무 꼬챙이처럼 말랐다. 덕분에 얼굴의 광대뼈도 살짝 돌출. 외모로 요리를 하는 건 아니지만 첫인상이 좋은 편은 아니었다.

"얼굴은 본인 생각 아니에요? 요리 솜씨 때문일 수도 있잖아요?"

"셰프님은 다를 줄 알았더니 교수님들하고 똑같은 말씀을 하시네요."

그녀의 한숨이 모질도록 깊었다. 편견과 선입견, 왠지 몹쓸 단어가 민규 뇌리를 스쳐 갔다.

"그런데 왜 한국요리예요? 캄보디아라면 옆 나라 태국요리도 유명한데?"

"……"

피아비가 침묵했다.

"그냥 충동적 한류 바람?"

"그건 아니에요."

닫혔던 그녀의 입이 야무지게 열렸다.

"어릴 때 한국인 사진작가의 도움을 받았어요. 저희 마을에서 가까운 한국 공장 사장님 친구였는데 몇 번 오셔서 제 사진을 찍어 갔거든요. 당시 다리에 장애가 있는 아버지가 바다에서 실수로 어망을 놓쳤다는 이유로 어선에서 쫓겨나 날품을 팔고 있었는데 그분이 아버지 직장도 구해주셨어요."

"……"

"다음 해 또 사진을 찍으러 왔다가 저희 집에 들르셨어요. 가난해서 딱히 해드릴 게 없어 고민하고 있을 때 그분이 오히려 가져온 재료로 김밥과 떡볶이를 만들어 주셨어요. 그분이 말씀하셨어요. 가난하지만 꿈을 잃지 말라고. 제 손에 남은 떡볶이떡을 쥐여주고 가셨는데… 떡 사이에 600달러가 들어 있었어요."

"……"

"그 돈을 밑천으로 기념품을 만들었어요. 조개껍질을 주워다 목걸이를 만들고 팔찌를 만들고… 꼭 그분 나라의 요리를 배워서 정성껏 식사를 대접하고 싶었거든요."

"그래서요? 한국에서 그분은 다시 만났나요?"

"네, 하지만 아니요."

대답을 한 그녀, 바로 고개를 저었다.

"무슨 뜻이죠?"

"졸업반 여름방학 때 알바를 하다 쉬는 날 그분의 명함을 들고 찾아갔었어요. 만나긴 했지요. 옹기종기한 납골 묘지에서… 저를 만나고 2년 후에 돌아가셨다고 해요. 그때도 이미 암에 걸린 몸이었다고……."

"……."

시큰!

콧등이 반응했다.

"결국 요리는 못 해드렸군요."

"아뇨. 해드리긴 했어요."

"……?"

"돌아와서 제수 음식을 했어요. 학교에서는 배우지 않았지만 책에서는 봤거든요. 돈이 많지 않아 나물 세 가지에 술만 올렸어요. 그리고… 어제도 작별 인사를……."

시큰!

그건 그녀에게서 온 전염병인 모양이었다. 고개 숙인 그녀의 신발코에 눈물이 떨어지는 게 보였다.

"아, 잠깐."

그대로 돌아서 잠시 딴전을 부렸다. 그녀에게 눈물 닦을 시간을 준 것이다.

"피아비라고 했죠?"

다시 돌아섰을 때 그녀는 수습이 끝난 후였다.

"네."

"좋아요. 내가 말실수를 한 것 같으니 책임을 지죠. 하지만 처음 보는 관계니 요리 시험 좀 해봐도 되겠어요?"

"네?"

"만약 그쪽 말이 맞다면, 그러니까 실력은 있는데 한국인의 순혈주의 때문에 기회를 놓친 거라면 우리 가게에서 일할 수 있게 해줄 수 있는데……."

"정말요?"

민규의 제의에 피아비의 표정이 햇살처럼 밝아졌다.

"출국 시간 많이 남았어요? 진짜 한번 해볼래요?"

"……!"

피아비는 대답하지 못했다. 그녀의 대답은 다시 눈물이었다. 민규의 제의가 믿기지 않아 말문도 열리지 않았던 것. 나중에 들은 얘기지만 그녀는 졸업한 학교에서 최고의 솜씨를 자랑했다. 그러나 14군데의 서류 전형에서 모두 탈락했다. 대신 그녀보다 못한 학생들이 그 자리를 차고 들어갔다. 교수들은 그녀를 챙기지 않았다. 함께 공부하던 다른 나라의 두 유학생도 그랬다. 그녀들은 졸업과 동시에 고국으로 돌아갔다.

혼자 남아 고군분투하던 피아비. 열네 번째 서류 전형에서도 탈락하자 지방 도시의 한정식집과 약선요리집을 돌며 구직

에 나섰다. 아무도 그녀를 거들떠보지 않았다. 어쩌다 반응을
보인 곳은 '홀 알바' 제의였다. 한국요리에 빠졌던 피아비였지
만 수련의 기회조차도 얻지 못한 것.

"누구?"

피아비와 함께 가게 안으로 들어서자 종규가 물었다.

"주문 들어온 요리 뭐냐?"

"궁중골동반 네 개 하고 궁중창면 둘, 설야멱적 둘."

"내가 할 테니까 이 아가씨에게 요리복하고 칼 좀 가져다줘
라."

"응?"

"소질 있으면 네 조수 한 명 더 늘려주려고."

민규는 손부터 씻었다.

"……!"

피아비가 요리복을 입고 나왔다. 재희가 입던 것이라 조금
컸다. 그녀는 팔뚝을 걷어붙이고 마음을 가다듬었다. 전투 준
비 완료. 눈에 총기가 돌았다. 밖에서 본 그 헐렁한 모습이 아
니었다.

"뭐 잘해요?"

칼질을 하던 민규가 물었다.

"뭘 할까요?"

그녀가 되묻는다. 그러고 보니 당찬 면도 있는 것 같았다.

"학교에서 뭘 배웠어요?"

"건열 요리법, 습열 요리법."

"이론 말고 실기."

"칼질하고 한식 만들기. 저는 탕류하고 전류, 다식류를 좋아했어요."

"그럼 해봐요."

그녀 앞에 무가 놓였다.

"해물에 깔아놓을 거예요. 갱 알죠? 거기 들어가는 거나 일식집에서 접시에 까는 정도로… 얇고 길수록 좋겠죠? 칼은 손에 맞는 거 골라 써요."

민규가 칼을 가리켰다. 그녀는 주저하지 않았다. 적당한 크기의 식칼을 집더니 무를 삼등분으로 잘랐다. 생각보다 팔 힘도 괜찮았다. 바닥에 까는 무채라면 돌려 깎기가 먼저다. 일반적인 기준은 책에 올려놓았을 때 글자가 비쳐야 한다. 그러나 말처럼 쉽지 않았다. 그러자면 무의 단단한 정도에 더해 칼질의 균등함, 손목 힘의 균일함이 받침이 되어야 한다.

여기까지는 기본이다. 그러나 보이지 않는 기본이 있었으니 좋은 무를 골라야 한다. 좋은 무는 투명하고 촉촉하다. 바람이 들었거나 흰색의 조직감으로 푸석해 보이는 무를 쓰면 안 되는 것. 피아비 그녀, 반으로 가른 무를 두고 민규를 바라보았다.

"마음에 안 들면 다른 걸로 해도 돼요."

가이드라인을 주었다. 재료비 때문에 아무 무나 쓰라는 주인도 있는 까닭이었다.

처음 한두 번, 그녀는 서툴러 보였다. 칼을 넣기 무섭게 무 줄기를 끊어먹은 것이다. 이마에 송골 맺힌 식은땀이 보였다.

"긴장하지 말아요. 다른 사람 의식할 필요 없어요. 요리란 언제나 자신과의 싸움이니까."

민규가 또 한 번 도움말을 주었다.

그 말이 신호였을까? 피아비의 칼질이 실력을 발휘하기 시작했다. 무 하나를 돌려 깎는 동안 한 번도 끊어먹지 않은 것이다.

사각사각!

채썰기 솜씨도 괜찮았다. 그녀가 썰어낸 무는 투명하면서도 균일했다.

"끝났으면 꼬막 좀 삶아줄래요?"

다음 과제를 주었다. 그뿐이었다.

종규가 피아비 앞에 꼬막을 가져다주었다. 꼬막을 받은 그녀, 하나하나 냄새를 확인한다. 그러나 코에 닿는 실수는 벌이지 않았다. 해감을 위해 소금물에 담근다. 나무 숟가락으로 저어 소금을 용해시키더니 그대로 두고 두툼한 헝겊을 씌워 빛을 가렸다.

민규는 모른 척 있었다. 해감이 끝나자 꼬막을 삶는다. 찬물부터 시작이었다. 물에 청주를 떨군다. 물이 끓어오르자 불을 낮추고 한 방향으로 젓는다. 꼬막들이 입을 벌리니 식초를 떨구고 마감을 한다.

"샐러드 만들 줄 알지요?"

민규가 다른 오더를 냈다.

"네."

"해봐요. 소스는 거기 만들어져 있어요. 서비스로 나갈 3인 분 정도만."

민규가 채소와 산나물을 밀어주었다. 피아비의 손이 빠르게 움직이기 시작했다. 물이 차갑다. 하지만 뜨겁게 조절하지 않는다. 흐르는 물에 빠르게 씻어내더니 하나하나 정성껏 물기를 닦아낸다. 그 손이 칼로 옮겨 갔다.

"……!"

민규의 시선이 살짝 흔들렸다. 산나물과 채소는 칼로 썬다. 너무나 당연한 일이 되었다. 그러나 어리고 부드러운 채소는 칼을 맞으면 맛이 변한다. 쓴맛이 강해지고 떫은맛까지 돌게 되는 것. 식물도 칼의 위협을 알기 때문이다. 현장 경험 없는 그녀에게 너무 큰 기대였을까?

그런데,

"……?"

민규 눈이 흔들렸다. 피아비는 칼을 쓰지 않고 저만치 밀어 놓았다. 칼 통 자체도 조금 먼 곳으로 밀었다. 그런 다음 산야 초와 채소를 한 땀 한 땀 뜯기 시작했다. 우격다짐이 아니라

고이 나누듯 부드러운 손길이었다.

"시간 없는데?"

민규가 은근한 옵션을 들이댔다. 촉박한 환경에서는 어떻게 반응할 것인가? 그래도 그녀는 우격다짐을 쓰지 않았다. 그저 손동작이 빨라졌을 뿐이었다. 소스는 일단 맛을 본다. 세 가지 소스의 맛을 보더니 배합을 결정한다. 그걸 뿌린 다음에는 일회용 비닐장갑을 끼었다. 그 손으로 샐러드를 혼합한다. 그 또한 하늘거리는 금박을 다루듯 조심스러웠다. 하나하나, 다치지 않고 망가뜨리지 않으면서 소스를 묻히는 것이다.

"끝났어요?"

그녀가 민규를 바라보자 민규가 물었다.

"네."

"3번 테이블에 드릴 거니까 들고 따라와요."

"예?"

민규 말에 그녀가 소스라쳤다. 여기는 대한민국 최고의 약선요리집. 민규도 그렇지만 종규 역시 관록이 엄청난 실력파 셰프였다. 그런 사람들이 만드는 요리에 자신이 만든 샐러드를 올리라니?

"셰프님."

"자신 없어요?"

민규가 돌아보았다.

"네⋯⋯."

"그럼 가방 들고 비행기 타든지."

"……."

"손님 테이블에 올리지도 못할 요리를 왜 만들었어요?"

"셰프님이 맛부터 봐주시면……."

"미안하지만 내 요리는 내 손님들이 먹는 거지 내가 먹는 거 아니거든요?"

"……."

"뭐 해요? 시간 없어요. 손님도, 피아비도."

"……."

샐러드를 바라보는 피아비. 그 손과 시선이 미친 듯이 떨렸다.

민규의 사용대 인천 분점. 미쉐린의 별은 없었다. 그러나 실력이 없어서가 아니라 별 세 개의 제의조차 거절한 곳. 그런 곳의 주방에 서본 것만 해도 꿈만 같은데 샐러드까지 만들었다. 그것도 믿기지 않는데 손님 테이블에 내라고 한다. 피아비로서는 심장이 무너질 떨림이었다.

꿀꺽!

마음을 달래며 시선을 돌렸다. 구석에 자신의 가방이 보였다. 열심히 살았다. 한국어 공부에 더불어 한국 식재료의 이해. 결코 쉽지 않았다.

그러나 그건 그녀의 꿈이었다. 그렇기에 하루 4시간씩만 자면서도 불태웠던 한국요리에의 열정. 그러나 수련할 자리조차 얻지 못하고 캄보디아로 돌아가려던 신세.

피아비.

그녀는 자신에게 최면을 걸었다.

그냥 갈 수는 없잖아?

이렇게 멋진 식당에서라면 손님에게 욕을 먹어도 괜찮아. 내 평생의 재산이 될 테니까.

마음을 다진 그녀, 민규 뒤를 따라 걷기 시작했다. 어느새 허리도 꼿꼿이 펴져 있었다.

*　　　*　　　*

"서비스 샐러드입니다."

테이블 앞의 민규가 영어로 말했다. 그런 다음 피아비를 돌아보았다. 그녀가 샐러드를 내려놓았다.

"와우, 땡큐 쏘 머치!"

외국인 손님들이 환호했다.

"새로 시도해 본 샐러드인데 맛을 좀 보시겠습니까?"

"옛썰!"

여자 셋의 테이블에 활기가 돌았다. 그녀들은 제각각 샐러드를 집어 들고 행복한 표정을 지었다.

아삭!

아작!

산야초와 채소 씹히는 소리가 들렸다. 슬쩍 피아비를 보았다. 단정하게 모은 두 손은 경련하고 있었다. 어깨도 마찬가지다. 그 경련이 이마로 올라가 식은땀이 되었다. 피아비는 땀을 많이 흘리지 않는 체질이었다. 그러나 이 순간, 체질조차도 상관이 없었다.

"화아, 신선한 숲을 먹는 거 같아요."

"저도요. 소스와 재료가 환상이에요."

"고맙습니다. 즐거운 시간 되십시오."

민규가 인사를 하고 돌아섰다. 한 발을 옮기면서 피아비를 툭 건드린다. 그녀는 그제야 마비에서 깨어났다.

"아까 말이에요. 꼬막 삶을 때 식초는 왜 넣었어요?"

주방으로 돌아온 민규가 물었다.

"식초를 넣으면 살이 탱글해진다고 배웠어요."

"저어준 건?"

"한 방향으로 저어야 꼬막 살이 한쪽으로 붙는다고……."

"샐러드는 왜 손으로 잘랐죠?"

"채소와 과일은 가급적 칼이 닿지 않는 게 좋다고 배웠어요."

"손맛인가요?"

"그런 것도 있고요."

"그런데 왜 비닐장갑을 낀 거죠? 손맛이라면서."

"그건……."

피아비의 시선이 자신의 손으로 내려갔다. 한국 사람에 비해 까만 손. 그걸 만지작거리며 쓸쓸하게 뒷말을 이어놓았다.

"학교에서 조리 실습을 할 때면 교수님이… 제 손이 너무 까매서 더러워 보인다는 말을 하셨어요."

"……?"

"그래서 깨끗해 보이려고 장갑을 끼었어요."

"의아하군요. 피아비가 하는 걸 보면 교수님이 굉장한 실력자 같은데 그런 말을 했단 말인가요?"

"요리는 대개… 책에서 배웠어요."

"예?"

"저희 학과에 외국 유학생이 세 명 있었는데 교수님이 그중 한 명을 아주 싫어했어요. 그러다 보니 저희 셋을 같은 조로 묶어놓고 크게 신경을 써주지 않으셨어요."

"그거 정말이에요?"

"네……."

"교수님 이름이 뭐죠?"

"그건……."

"왜 망설이죠? 사실이라면 말 못 할 것도 없잖아요?"

"그래도 제 스승님이신걸요. 옛날 요리책을 보니 한국에서는 스승님의 그림자도 밟지 않는다고 해요. 그러니……."

대답하는 피아비의 눈빛이 순수했다. 꾸며내는 말 같지는 않았다.

"좋아요. 잠깐 쉬어요."

민규가 의자를 내주었다. 그런 다음 식재료 창고로 향하며 검색을 했다. 피아비가 졸업한 학교. 그 학교의 요리 교수를 찾는 건 이제 일도 아니었다. 그쪽 사정에 능통한 지인에게 전화를 걸어 평판을 물었다.

"아, 그 인간… 셰프님에게도 사고를 쳤어요?"

대뜸 나온 반응이 과격했다.

"그런 건 아니고요, 그냥 궁금해서."

"혹시라도 셰프님께 접촉 오면 단칼에 무시하세요. 그 양반이 그 학교 이사장 아들과 막역한 사인데요. 그걸 믿고 안하무인에 원성이 자자합니다. 심지어는 애들 취업이나 실습 점수, 학점 같은 걸 빌미로 공공연히 뇌물을 뜯어먹는 인간입니다. 이놈의 나라가 김영란법은 뒀다 국 끓여 먹을 건지……."

"고맙습니다."

인사를 하고 전화를 끊었다. 지인은 신뢰할 만한 사람. 그렇기에 피아비의 말도 신뢰할 수 있었다.

"마셔요."

주방으로 돌아온 민규가 방제수 한 잔을 소환해 주었다. 피아비는 묵묵히 물을 마셨다.

"몇 시 비행기예요?"

"이제 40분 남았어요."

"그럼 가방 챙겨요."

"……."

민규의 한마디에 피아비의 얼굴이 사색으로 변했다. 하지만 바로 단정하게 세우더니 씩씩하게 입을 열었다.

"알겠습니다. 셰프님의 주방에 서게 해주셔서 영광이었습니다."

그녀, 마치 숙수가 왕을 대하듯 정중하게 고개를 숙였다.

"그건 무슨 뜻이죠?"

"여긴 저 같은 사람이 설 자리가 아니잖아요? 오늘의 영광, 평생 잊지 않겠습니다."

"그럼 지금 작별이라는 건가요?"

"예?"

"내 말은 캄보디아 가려고 비행기표 끊었으니 일단 타고 가서 부모님 뵙고 돌아오라는 거였는데?"

"예?"

"왜요? 나하고 같이 요리 공부 해볼 생각 없어요?"

"셰프님?"

"좋아요? 싫어요? 한마디로 답해봐요."

"셰프님!"

목이 메어 그녀는 그 자리에 주저앉아 버렸다.

"정말이신가요? 저한테 여기서 일할 기회를 주신다는 거?"

피아비의 목소리는 이미 제대로 젖은 후였다. 까만 눈동자 가득 샘물이 흘러넘쳤다.

"대신 각오 단단히 하고 와야 해요. 나는 요리 배우는 거 힘들다고 눈물 찔끔거리는 사람은 싫어하니까."

"으아악, 셰프님."

피아비 그녀, 주저앉은 채 민규의 다리를 끌어안았다. 그 다리를 잡고 꺽꺽 울었다. 그 마음을 알 것 같았다. 하지만 민규가 그녀를 품은 건 동정심이 아니었다. 요리는 동정심으로 가르칠 수 없었다.

그녀는 준비가 되어 있었다. 칼질은 좀 서툴지만 요리에 대한 이해도가 높았다. 못된 교수의 시달림 속에서도 학업을 포기하지 않았고 혼자 서적을 뒤져 실력을 쌓았다. 이런 노력과 자세라면 민규의 사옹대에서 일할 소양은 충분했다. 특히, 외국인들에게 명소가 된 이 공항 분점이라면 더욱.

"고맙습니다. 가자마자 돌아올게요."

가방을 드는 그녀의 눈에는 아직도 눈물이 가득했다.

"딱 일주일만 쉬고 오세요. 앞으로는 바쁠 테니까 부모님께 효도도 많이 하고요."

"네, 셰프님."

피아비가 씩씩하게 대답했다. 어쩐지 재희의 이미지를 닮은 학생이었다.

"이 셰프."

사옹대에 돌아오자 차만술이 민규를 반겼다. 그는 실습관에서 수업을 하다가 잠시 쉬러 나오던 중이었다. 민규의 사용 대도 변화가 많았다. 대지도 늘고 건물도 늘었다. 수련 교육생 들을 받으려다 보니 어쩔 수가 없었다.

이번 기수의 교육생은 모두 여덟. 일 년에 두 번씩 받았으나 숫자에는 제한을 두지 않았다. 우수한 지망생이 적으면 서너 명도, 많으면 열 명도 받아들이는 식이었다.

실습관과 강의동, 연구동은 궁중 주방식으로 설계를 했다. 처음에는 세계 유수의 요리학교를 벤치마킹할까 싶었지만 마음을 바꾸었다. 대한민국의 궁중요리와 약선요리를 전승하는 곳이라면 그 요람의 분위기도 한국의 궁중식으로 가는 게 좋다고 판단한 것이다.

예산은 문제 되지 않았다. 민규의 도움을 받은 많은 사람들이 다투어 지원을 약속했지만 이 건물만은 민규의 돈을 사용했다. 그동안 쌓인 돈은 천문학적이었다. 기부를 그렇게 해도 줄지 않았으니 약선죽에 이어 개발된 판매용 식품들의 인기 때문이었다. 속된 말로 삼대가 흥청거려도 줄지 않을 정도였으니 지난해 아시아 갑부 반열에 이름을 올린 것으로도 증명이 되었다.

교육생들의 발전을 위해 최고 외부 전문가의 특강도 마련했다. 해외에서는 루이스 번하드의 추천을 받은 미식가들이 왔고 프랑스 궁정요리 전문가와 러시아 궁정요리, 중국 황궁요리 전문가들도 줄을 이었다. 한국으로 보면, 궁중요리의 원로로 불리는 변재순도 오고 장광 셰프도 출강한다. 차만술 역시 민속전과 민속주 분야의 강의와 요리를 돕고 있었다.

"오늘은 어땠나요?"

차에서 내린 민규가 물었다.

"외국 귀빈들은?"

"다들 돌아가셨습니다."

"아, 내가 라미네 셰프 좀 만났어야 했는데……."

"왜요? 무슨 문제가 있나요?"

"문제는… 저번에 그분 칼럼 봤더니 티벳 전통주에 대해 쓰셨더라고. 그거 자료 좀 받을 수 있을까 해서……."

"아예 한번 다녀오시지 그래요?"

"그러고 싶지만 내가 중국어가 되어야 말이지. 눈만 멀뚱이지 듣지를 못하잖아?"

"그러시면 제가 후배들 중에서 중국어 좀 되는 친구를 가이드로 붙여 드릴까요?"

"정말?"

"교수님 일이라면 당연히 그래야죠."

"어허, 교수는 무슨 얼어 죽을……."

"왜요? 당당히 모교 출강도 하시고 저희 강의도 맡으시는 분인데……."

"허어, 모교야 장학금 보내니까 그 덕을 본 거고, 사용대 강의는 이 셰프가 밀어주는 덕이지."

"저 실력 없는 사람 안 미는데요?"

"아무튼!"

"우리 예비 셰프님들은 오늘 어땠어요?"

"다들 열심이지. 내가 강의하려면 가슴이 다 떨린다니까. 혹시나 부족한 실력 뽀록나서 개망신이라도 당할까 봐."

"교수님이 개망신이면 여기서 요리 강의 하실 분 아무도 없습니다."

"빈말이라도 듣기는 좋은데?"

차만술의 입이 귀를 향해 올라갔다.

"아, 오늘은 나영애하고 권병길이 조용했나요?"

민규가 물었다.

나영애와 권병길.

둘은 전국 대회 입상 경력자들이었다. 그래서 그런지 자기 주장도 강했으니 나영애는 특히 대장금의 신화를 이어가겠다는 기염이 대단한 교육생이었다.

거기에 대조되는 교육생이 또 있었다. 입상은커녕 대회 근처에도 안 가본 여자. 그러나 요리의 이해도가 빠르고 배려심이 높아 은근한 저력을 발산하는 교육생. 이번 기수 교육생들 중에서 민규가 눈여겨보는 세 사람이었다.

"왜 조용했겠나? 오늘도 한판 붙었지."

"이번에는 또 뭘로요?"

"그 친구들이 뭐 정해놓은 아이템이 있나?"

"하긴 그렇군요."

"오늘은 내가 한번 따끔한 일침 좀 놓으려고. 괜찮겠나?"

"당연하죠. 수련 분위기 흐리면 탈락을 시키셔도 괜찮습니다."

"나야 초빙 주제에 그럴 수 있나? 이 셰프가 지켜보고 결정하시게."

차만술이 시계를 보았다. 술밥이 완성될 시간이었다.

차만술의 민속주 강의.

취하도록 재미났다. 그의 뚝심을 고스란히 느낄 수 있는 시간이었다. 그렇기에 민규도 더러 도둑 강의를 듣는다. 강의가 시작되자 뒷문을 살짝 열고 들어갔다. 한 교육생 셰프가 민규를 보자 '쉬잇' 사인부터 냈다.

"자, 각자 만든 밥을 준비하도록."

차만술 목소리가 실습실을 울렸다. 여덟 셰프 교육생들이 갓 지은 밥을 내놓았다.

모락!

푸근하게 올라오는 김이 좋았다.

차만술이 차례차례 밥을 점검했다. 밥은 모두 고두밥이었다. 실수 따위는 없었다. 이들은 나름 촉망받는 예비 셰프들. 일부는 당장 수셰프를 맡아도 문제가 없을 실력들이었다.

"가양주는 왜 고슬고슬한 밥으로 만들까?"

밥알을 체크한 차만술이 운을 뗐다.

"발효 때문입니다. 밥알에 수분이 많으면 발효되는 데 시간이 오래 걸리니까요."

기다렸다는 듯이 돌출하는 사람은 나영애였다. 그녀의 밥알은 멀리서 봐도 고슬고슬 좋아 보였다.

"술 빚는 레시피를 여덟 자로 줄이면?"

"반생반숙(半生半熟)하고 불한불열(不寒不熱)하라."

다음 답은 권병길이 내놓았다. 나영애가 반생…까지 말하는 순간이었다. 나영애가 권병길을 돌아보았다. 권병길은 어깨를 으쓱할 뿐이었다.

"아아, 또 시작인가?"

차만술이 넌지시 견제구를 던졌다.

"권병길 씨는 여유가 없거든요. 산초가 들어가지 않은 추어탕이라고나 할까요?"

"산초가 아니고 제피겠지."

둘은 그새 또 충돌을 했다.

"두 사람 말이야, 소동파가 술을 정의한 말도 알고 있나?"

차만술의 목소리에 힘이 들어갔다.

"술은 천록(天祿)이다."

나영애가 빨랐다.

"무슨 뜻인가?"

"술은 하늘이 내려준 복록으로 술맛의 좋고 나쁨으로 주인의 길흉을 알 수 있다는 뜻입니다."

"단어의 뜻 말고 행간에 숨겨진 뜻."

"행간요?"

"권병길 씨가 말해보겠나?"

차만술이 권병길에게 공을 넘겼다.

"한 집의 술맛이 좋아야 집안이 잘된다는 뜻이 아닐까요?"

"그런 뜻도 있겠지만 술을 만들 때의 마음가짐에 대한 경계
도 들어 있다네. 잘난 척이나 불협화음이 아니라 경건하고 정
갈한 마음."

"……!"

둘이 주춤거렸다. 차만술의 질문이 견제구였음을 안 것이
다.

"두 사람 말이야, 전생의 원수야? 처음에는 아름다운 경쟁
같아서 그냥 두었는데 이제는 너무 심해. 나만 그렇게 생각하
는 것도 아니고."

"권병길 씨가 무례했거든요. 남녀 차별에 대한 발언까지도
나왔고요."

"내가요?"

권병길이 나영애를 바라보았다.

"갑자기 쌩까는 건가요? 요리는 남자의 영역이라는 말, 저
만 들은 거 아니거든요."

"그건 그런 의미가 아니었잖아요? 궁중요리의 구성원에 대

한 분석 때 나온 얘기였으니."

"남녀 차별이 엄격하던 옛날의 종사원 구성일 뿐이에요. 게다가 대장금에 대한 폄훼도 서슴지 않았고."

"폄훼가 아니라 사실이었어요. 조선시대 숙수들 대부분이 남자였다는 건 팩트잖습니까?"

"그럼 고대는 모계사회였으니 여자 중심의 역사였다는 것도 팩트가 되는 거죠."

"나영애 씨, 궤변으로 가지 맙시다. 조선시대 수라간에 미모(米母)와 병모(餠母)를 제외하면 절대다수가 남자였어요. 한국과 중국의 역사에서 최고의 요리사들은 거의 남자였다는 말, 거기에 빈정 상해서 나를 저격하는 거 아닙니까?"

"한국과 중국의 최고 요리사들… 남자만 있었던 건 결코 아니죠. 조선에는 대장금이 있었고, 중국에도 중국 오대 시기의 번정(梵正), 당대의 선조(膳祖), 남송 때의 유낭자(劉娘子) 등이 버젓하거든요. 중국에서는 이윤과 역아를 쳐주지만 그 또한 남성 중심의 역사관이 빚어낸 왜곡일지도 모르죠. 내가 말한 여자 요리사들과 남자 요리사들이 붙어본 적도 없잖아요."

"그건 너무 비약 아닌가요?"

"남성 중심의 역사가 얼마나 폭력적인지 모르세요? 지금 수업하는 이 가양주만 해도 그래요."

"가양주가 어때서?"

차만술이 말을 자르고 들어왔다.

"주색(酒色) 말입니다. 원래는 사옹원의 술 담당 셰프를 가리키는 말이지만 어떻게 변질이 되었죠? 여자를 희롱하고 폄훼하는 쪽으로 가버렸잖아요?"

"자네 둘이 지금 내 수업을 폄훼하는 건 알고 있나?"

차만술의 목소리에 날이 섰다.

"……."

나영애와 권병길이 잠시 풀이 죽는다. 언제나 수업 분위기가 좋은 차만술. 빡빡한 목소리는 처음인 것이다.

"좋아. 다 좋아. 대화와 토론, 그건 꼭 필요하지. 하지만 오버는 곤란해. 누룩도 과하면 술맛을 버려. 떫고 느끼하게 변하거든."

"……."

"천록이라는 말이 괜히 있는 줄 아나? 천록은 술 빚는 사람의 마음가짐을 말하는 걸세. 그렇기에 선현들은 술 한 동이 빚을 때도 정갈한 자세로 임했다네. 그런데 그렇게 칼각을 세운 마음으로 무슨 술을 빚는단 말인가?"

"……."

"요리에 귀천이 없듯이 요리사도 마찬가지야. 그게 남자면 어떻고 여자면 어떻다는 건가? 지금 중요한 건 과거의 전례가 아니라 자네들 자신이라네."

"……."

"술로 예를 들어 살펴보세. 청주는 고급스러운 술이라 양반과 상류층이 즐겼고 부의주는 평민층이 즐겼네. 물을 타서 막 걸러낸 막걸리는 머슴이나 농민 등이 육체적 고달픔과 주린 배를 채우기 위해 마셨지. 청주와 부의주, 그리고 막걸리는 한 독에서 나온 술이지만 마지막 공정에서 신분이 바뀌게 되었네. 그런데 돌아보게나. 그 최후의 승자는 누구인가?"

"……."

차만술의 질문에 두 사람은 답하지 못했다. 세 술의 승자는 막걸리라고 할 수 있었다. 격이 있거나 세련된 술이 아니지만 이제는 한국을 대표하는 대중주가 되어버린 막걸리. 요리의 운명도 사람이 정할 수 없는 것이니 막걸리를 예로 들어 삶의 부침을 경계시키는 차만술이었다.

그런데…….

나영애는 수긍하지 않았다.

"동의하기 어렵습니다. 막걸리가 인기를 끈다는 것 또한 남성 중심의 결과론에 불과합니다."

"그럼 자네의 견해는 어떤가?"

"역사는 여성에게 기회를 주지 않았습니다. 이제야 겨우 양지로 나오게 된 거나 마찬가지입니다."

"그렇다면 음양론에 있어 여자를 상징하는 '음(陰)'이 앞서는 건 어떻게 생각하나?"

"바로 그겁니다. 왜 음양론입니까? 세계가 여자 중심이기 때문에 음양 아닙니까? 그런데 역사는 거꾸로 남성 중심으로 흐르며 여자에게 기회를 주지 않았으니 양음론이나 마찬가지입니다."

"그래서 지금 가양주를 역사 논쟁으로 빚자는 것인가?"

"셰프님?"

고개를 돌리던 나영애, 돌연 입을 다물었다. 그 시선에 민규가 들어온 것이다. 사옹대의 절대자 이민규.

"……."

민규가 조용히 돌아섰다. 지금은 차만술의 수업 시간. 민규가 나설 수 없었다. 그러나 민규가 있었다는 사실만으로도 두 논쟁자에게 경각심을 주었다.

두 사람의 폭주.

단순한 감정싸움일 수 있었다. 그들이 이번 기수 교육생들 중에서 최고이기 때문이었다. 설익은 재능과 학문은 본시 튀기를 좋아하는 것.

'오늘은 제대로 정리해 줘야겠군.'

미뤄둔 결심을 하는 민규였다.

4. 사옹대의 교육생들

"여보세요."

조병서에게 전화를 걸고 요리에 돌입했다. 이 시간의 예약
은 네 테이블. 요리를 마치면 차만술의 수업이 끝날 즈음이었
다.

첫 요리는 정조의 7첩반상.

어머니의 칠순을 맞아 아들 내외가 주문한 요리였다.

자작자작!

늘 그렇지만 왕에게 올리는 마음으로 요리를 했다. 그 시
작은 당연히 밥이다. 수라상의 주인공은 밥. 밥심은 한국인의
근본 에너지. 밥이 좋아야 다른 찬들이 돋보일 수 있는 것이

다. 요리는 그랬다. 함께 장식하는 요리를 해치는 메뉴는 곤란하다. 한 밥상에 상극을 들일 수 없는 것이다. 그 이치를 알면 요리사는 다투지 않는다. 뽐내지도 않는다. 이 솜씨는 오롯이 손님을 위한 것. 누가 낫다 부족하다를 겨룰 일이 아니었다.

"셰프님, 차 교수님 수업 끝나는데요?"

재희가 다가왔다.

"알았어. 웅재 시켜서 이 재료 좀 준비해 줘."

민규가 메모를 내밀었다.

"이번 수업 재료가 아닌데요?"

"바꿨어."

민규가 웃었다. 재희가 돌아서자 하던 요리를 마감했다. 손님 테이블을 세팅하고 간단한 설명을 한 뒤에야 정원으로 나왔다.

"셰프님."

나영애가 다가왔다. 이번 기수 교육생의 대표를 겸하고 있으니 수업 준비가 끝났다고 알리는 것이다.

"들어가 있어. 금방 갈게."

민규가 말했다. 기다리는 사람이 있었다. 조병서였다. 오래지 않아 그의 승합차가 눈에 들어왔다.

"이 셰프."

차창을 내린 그가 손을 흔들었다.

"부탁한 건요?"

"당연히 모셔 왔지. 누구 분부라고?"

조병서가 승합차 문을 열었다.

"안녕하세요?"

아이들 세 명이 합창을 해왔다. 유치원에서 긴급 공수한 세 명의 아이들. 오늘 요리 특강의 초빙 손님들이었다.

그사이, 식재료 준비를 끝낸 재희가 실습관에서 군기를 잡고 있었다. 민규의 눈치를 잘 아는 재희. 사옹대의 안팎을 관리하고 있으니 수련 분위기를 모를 리 없었다.

"이번 기수 교육생들 수련 분위기가 좋다고 소문이 자자하던데……"

조리대 앞에 선 재희가 운을 떼고 나왔다. 얼굴은 웃고 있지만 미소가 칼같이다. 교육생들도 기수별 모임을 통해 정보를 받고 있었기에 살짝 긴장감이 감돌았다.

군기 반장 강재희.

앞선 기수 교육생들의 여론이었다. 나이는 어리지만 약선 요리 대회 대상에 보퀴즈도르 금메달 수상자. 민규에게 가려져서 그렇지 세상 어디에 내놔도 꿀리지 않을 스펙이었다. 게다가 그녀, 체급이 조금 떨어지는 각국 정상들의 단독 만찬도 많이 주관했다. 더러는 교육용 시범도 보였으니 그 내공을 아는 교육생들은 숨소리를 죽였다.

"계속 좋기를 바랍니다. 우리 사옹대는, 이민규 셰프님은 호의가 계속된다고 권리로 착각하는 사람들은 원하지 않으니까요."

"……."

"대표, 그렇죠?"

재희가 나영애를 쏘아보았다. 그녀에 대한 준엄한 경고였다.

대한민국 최고의 시설에 세계 정상의 셰프 이민규. 한국의 약선요리와 궁중요리 약진을 위해 아무 조건 없이 교육생들을 받고 있었다. 일단 선발되면 최고의 시설과 최고의 식재료, 최고의 강사진과 함께 요리를 연구할 수 있다. 그 비용의 일체도 무료였다.

그러나 더러는 불협화음을 일으키는 교육생도 있었다. 초기에 들어온 2기 교육생들이 그랬다. 그때도 튀는 사람은 둘이었다. 둘은 간죽간죽 재희를 시험하려 들었다. 요리 실력은 어느 정도 되었다. 하지만 그 실력을 어디 재희에게 댈 것인가? 민규와 함께 세계만방을 돌며 만찬에 참가한 재희였다.

─궁중골동반.

그 둘을 사뿐히 지르밟아 준 메뉴가 골동반이었다. 둘을 한 팀으로 맺어주고 맞짱을 떴다. 둘은 초호화 골동반을 만들어냈다. 누르미에 산적, 갖은 전유화, 다시마튀각에 잣가루, 무, 콩나물, 숙주, 도라지, 미나리에 알고명까지 올렸다.

재희의 것은 반대로 갔다. 그저 단정히 썬 풋김치에 호박볶음, 참기름과 깨소금이 전부였다. 둘은 비웃음까지 머금었지만 결론은 아주 다르게 나왔다. 그들이 맛을 봐도 재회의 소담한 골동반 쪽이 더 맛났던 것.

"골동반. 즉 비빔밥의 핵심은 첫째 되직하게 지은 뜨거운 밥이오, 둘째는 맛있는 참기름입니다."

당혹스러워하는 둘에게 재회가 날린 한 방이었으니 재회가 군기 반장의 닉네임을 얻게 되는 순간이었다.

"권병길 씨는요?"

권병길에 대한 견제도 잊지 않았다. 둘은 꿀 먹은 벙어리처럼 대답하지 않았다. 민규가 들어서자 재회가 자리를 피했다. 모레는 아프리카 탄자니아의 대통령 만찬이 예정된 날. 준비할 게 많은 것이다.

"분위기 왜 이래?"

조리대 앞에 선 민규가 짐짓 주의를 환기시켰다.

"……."

"흐음, 가양주가 어려웠나? 아니면 실습용 술을 너무 마셔서 취하기라도 했나?"

"……."

"대표, 나와서 약수 한 잔씩 돌리도록."

민규가 초자연수를 소환했다. 기분 전환에 좋은 열탕이었다.

"생기가 좀 도나?"

"네."

교육생들이 답했다.

"좋아. 요리란 따지고 보면 굉장히 힘든 일이지. 요리사도 사람이라 피곤할 때가 있는데 그렇다고 요리에 소홀할 수도 없고……."

"……."

"그런 뜻에서 오늘 특별한 이벤트를 한번 펼쳐보려고 하는데……."

'특별한 이벤트?'

민규의 말에 교육생들이 귀를 세웠다.

"여러분이 처음 왔을 때 이번 기수 중의 한 명은 중국 최고의 셰프로 꼽히는 하오펑 셰프에게 요리 유학을 보낸다고 했던 말 기억나나?"

"네!"

교육생들 눈동자가 빠릿하게 움직였다. 민규의 추천이라면 저쪽의 대우도 최상급에 속한다. 게다가 민규의 직속 라인으로 분류되는 영광도 뒤따른다. 그건 이미 졸업한 교육생들에 의해 증명되고 있는 일이었다.

"그 건을 오늘 요리 실습으로 결정할까 하는데?"

"우와!"

교육생들이 웅성거렸다. 그러자 나영애가 손을 들었다.

"왜?"

"그렇게 중요한 거라면 미리 말씀해 주셨어야 하는 거 아닌가요? 그래야 각자 대비를 할 테니까요."

"하지만 진짜 셰프라면 언제든 준비가 되어 있어야 하는 거라고 생각하는데?"

"……."

"아울러 모레 있을 외국 정상 만찬에도 참여할 기회를 준다. 자신 없는 사람은 빠져도 좋아."

민규가 선을 그었다. 교육생에게 휘둘릴 민규는 아니었다.

"박신애 씨."

민규가 맨 끝의 교육생을 불렀다. 늘 차분한 그 교육생이었다.

"우리 강 셰프에게 가면 식재료 내줄 거야. 한 명 데리고 가서 받아 오도록."

"알겠습니다."

박신애가 나갔다. 오래지 않아 그녀가 돌아왔다.

"……!"

식재료를 본 교육생들이 눈자위를 구겼다. 여덟 바구니에 든 식재료 전부 채소류였던 것.

"오늘 요리는 좀 어렵다. 여러분들, 미식 알지?"

주홍의 당근을 집어 든 민규가 입을 열었다.

"예."

"미식의 중심은 미뢰인데, 그중에서도 특히 아이들 미뢰가 민감하다는 것 정도는 다 알 테고."

"……."

"우리나라 속담에 세 살 버릇이 여든까지 간다는 말이 있다. 미식으로 치자면 어릴 때부터 오미를 고루 즐기는 식생활 습관이 들어야 좋다고 볼 수 있는데 아이들은 그렇지 않은 경우가 많단 말이지."

"……."

"약선요리는 의식동원으로써 음식으로 질병을 치료하는 거지만 오미를 고루 즐기는 식도락을 빼놓을 수 없지. 골고루 먹으면 각 재료의 독성도 없어지고 오장육부의 건강도 보장되니까."

"……."

"오늘 요리의 주제는 편식개선요리가 되겠다. 최고의 평가를 받은 사람에게 중국 하오펑 셰프에게 요리 유학을 보내도록 한다."

"그럼 지난번 중국인들 상대로 경연한 짜장면 요리 점수도 반영이 되는 건가요?"

나영애가 물었다. 짜장면은 이번 기수의 첫 실습이었다. 한국의 짜장면, 중국인들에게 통할까? 결론만 말하면 대참패였다. 중국인들은 한국 짜장면에 고개를 저었으니 맛의 가락이 다르기 때문이었다.

중국 짜장면은 짠 편에 속한다. 하지만 한국의 짜장면은 달달하다. 달달하니 더 좋아할 것 같지만 그렇지 않은 경우가 많다. 맛은, 산 하나 물 하나를 건너도 다를 수 있었다.

많은 사람이 착각을 하는 건 시청률 지상주의 방송 때문이었다. 몇몇 방송을 보면 외국인들이 한국요리에 환장하는 모습이 나온다. 그런데 왜 한국요리가 세계시장에 진출하지 못하는 걸까? 그것만 돌아봐도 정답이 나온다. 요리 좀 한다는 교육생조차 방송의 연출에 속은 것이다. 한국에서 통한다고 외국에서도 '무조건' 통할 거라는 생각은 하지 말 것. 민규의 산 교육이었다.

"그걸 별도로 참고한다."

"평가는 셰프님이 하시는 건가요?"

"아니, 아이들 미뢰라고 말했으니 아이들이 평가할 거다. 조건은 1번 식재료를 다섯 가지 이상 쓸 것. 2번 식재료는 전체의 반을 넘지 않을 것. 요리는 단품으로 만들 것. 단 밀가루나 쌀가루 등은 선택 가능. 시간은 30분. 시식은 요리를 마치는 순으로 바로 돌입한다."

"……"

교육생들이 숨을 죽였다.

"조 셰프님."

민규가 출입문을 바라보았다. 기다리고 있던 조병서가 꼬마들 셋을 데리고 들어섰다. 여섯 살 남자아이 둘과 여자아이하나. 잔뜩 긴장하며 들어서는 아이들. 그 아이들에게서 시선을 떼지 못하는 교육생들이었다.

식재료는 평범했다.

1번 바구니는 매생이, 취나물, 참나물, 샐러리, 토마토, 시금치, 피망과 미나리, 버섯과 당근, 오이, 무, 가지, 토란, 연근, 파, 브로콜리.

2번 바구니는 두부, 호박, 감자, 고구마, 마, 콩, 대추.

"시작!"

민규의 선언이 나왔다. 이 안에서는 민규의 말이 법.

교육생들이 분주해지기 시작했다. 아이들은 조병서와 함께 앉았다.

"조금만 기다려. 곧 맛있는 요리가 나올 테니까."

민규가 물을 내주었다. 요수가 아니라 생수였다. 아이들 체질도 리딩하지 않았다. 선입견을 내려놓은 백지상태에서 교육생들을 평가할 생각이었다. 식재료를 골라 온 나영애는 황당한 표정이다. 그러나 프라이드의 깃발이 고고한 그녀. 바로 요리에 돌입했다. 고민할 시간이 없다는 것, 그녀는 잘 알고 있었다.

권병길도 물을 틀었다. 식재료를 씻는다. 그 와중에도 둘은 서로를 힐금 돌아보았다. 차분한 건 오늘도 박신애뿐이었다. 서두르지 않기에 그녀의 식재료 세척은 다른 교육생보다 '조금' 늦었다.

다다닥!

사사삭!

칼질은 흡사 합창 소리처럼 들렸다. 다들 나름 한 요리 하는 교육생들. 그렇기에 가지런한 칼질이었으니 불협화음은 나지 않았다.

갈고, 썰고, 삶고, 으깨고, 빻고, 찧고.

여덟 교육생들은 각자의 필살기를 동원해 요리에 임했다.

"끝났습니다."

1착은 나영애였다. 늘 그랬다. 그녀의 손은 빨랐고 요리 과
정도 깔끔했다. 그녀의 작품은 파르페였다.

비주얼은 기가 막혔다. 쌀가루를 볶아낸 후에 얼음과 섞어
갈았다. 거기에 잘 익히고 삶아낸 다섯 채소의 물기를 짠 후
에 따로 갈아내고 구운 대추와 고구마 살을 포인트로 넣었다.
초록 매생이에 붉은 토마토, 붉은 당근에 흰 토란, 그리고 노
란 피망. 거기에 황금빛 대추 살과 고구마 살을 무리 지어 놓
으니 아이스크림과 다르지 않았다.

대추로 장미꽃까지 오려서 놓았으니 아이들이 좋아하기는
딱이었다. 게다가 첫 요리라는 프리미엄. 아이들은 파르페를
당겨 한 숟가락 가득 떠 들었다.

'크크크.'

나영애의 입가에 미소가 스쳐 갔다. 슬쩍 보니 권병길은 요
리를 마감하는 중. 그런데…….

"에퉤!"

첫 아이가 파르페를 뱉었다.

"왜?"

조병서가 물었다.

"풀 냄새가 나요."

아이는 오만상을 찌푸렸다. 그러자 옆의 아이도 혀를 내밀었다. 그 혀에서 파르페가 주룩 흘러내렸다. 눈에는 눈물이 글썽거린다. 미뢰가 싫어하는 맛을 눈치채 버린 것. 남은 한 아이도 자동으로 뒤를 따랐다. 마지못해 한 입을 넘기더니 미친 듯이 고개를 저었다.

"어, 얘들아, 이 요리는……."

나영애가 수습하려는 사이에 권병길의 요리가 도착했다. 강요해서는 안 된다는 것. 그건 모두가 아는 불문율이었다. 나영애는 별수 없이 한 걸음 물러섰다.

권병길은 경단을 택했다. 겉모양은 밤경단을 닮았다. 그러나 안이 달랐으니 소를 집어넣었다. 채소를 넣고 고구마와 대추, 호박 살을 섞었다.

재료의 비율이 있으니 껍질은 당연히 얇았다. 바삭하고 노릇하게 구워진 경단. 계핏가루 대신 볶아 갈아낸 콩가루를 묻혔다.

세 아이들. 첫 요리와는 달리 약간 조심하며 경단을 집어 들었다.

아삭!

소리는 좋았다. 두 아이가 겉껍질 일부를 흘렸지만 시작은 좋았다. 하지만 이번에도 거기까지였다. 우물우물 소를 맛본 아이들이 앞서거니 뒤서거니 경단을 내려놓은 것.

"……!"

권병길의 좌절은 나영애의 안도였다. 둘의 표정이 격하게 교차되는 가운데 소방이 나왔다. 재료를 갈아 만두소로 쓰는 건 가장 기본적인 방법. 그러나 그냥 빚어놓지는 않았으니 만두피에 채소 색을 들이고 작은 조각을 잘라 캐릭터를 만들어놓았다. 웬만한 아이들이라면 통할 수 있는 업그레이드 버전이었다.

결과는 실패였다. 그것도 처참한 실패. 첫 아이 때문이었다. 먹기도 전에 만두를 열어본 것. 튀기고 볶아 채소 냄새를 최대한 제거했지만 아이들의 현미경 취향은 비껴가지 못했다.

네 번째 역시 보편적인 아이템이 나왔다. 두부와 콩가루를 내세운 두부콩갈비였다. 점성을 위해 호밀가루를 혼합했다. 그런 다음 치대는 방법으로 점성을 더 높였다. 토마토와 버섯, 토란, 연근, 가지 살을 넣어 색감도 붉은 쪽이었다.

오븐에서 노릇하게 구운 후에 고구마와 대추 살을 소스처럼 올려놓았다. 참기름에 바삭하게 튀겨낸 감자채를 사이에 끼우고 아래위로 얇게 구운 쌀 전병을 올리니 흡사 고기패티를 넣은 햄버거처럼 보였다. 고소한 참기름 냄새에 더불어 햄버거 비주얼. 아이들은 주저 없이 갈비를 집어 들었다.

오물.

세 아이는 서로를 체크하며 갈비를 먹었다. 한 입 넘어가고 두 입이 넘어갔다. 나영애와 권병길의 얼굴에 썩소가 스쳐 갔다. 자존심이 썩는 순간이었다.

갈비의 분전 또한 거기까지였다. 두 입을 먹더니 슬그머니 젓가락을 내려놓는 아이들. 채소 맛을 감추고 또 감췄지만 찾아내고 또 찾아내는 아이들이었다. 실수도 있었다. 두부는 참나물, 시금치, 미나리, 숙주 등과 잘 어울린다. 그쪽 채소를 골랐더라면 이야기는 다를 수 있었다.

다섯 번째 교육생도 선방 수준에서 그쳤다. 그가 만든 건 동화 같은 화전. 토마토와 당근, 토란과 가지 등을 꽃 모양으로 오린 뒤 찹쌀 위에 올려 구워냈지만 한 번 이상은 먹지 않는 아이들이었다.

이제 남은 건 단 한 사람, 박신애. 그러나 그녀는 이제야 요리를 접시에 세팅하기 시작했다. 시간은 29분을 넘고 있었다.

"신애 씨, 시간 다 되고 있어요."

나영애가 주의를 환기시켰지만 내심은 짜증 작렬이었다.

"다 됐어요."

박신애가 비로소 이마의 땀을 닦았다. 딱 30분이 되어서야 가져온 그녀의 요리.

"뭐야? 매작과도 아니고?"

나영애가 중얼거렸다.

"매엽과예요."

박신애가 머쓱하게 대답했다.

"한번 먹어볼래?"

나영애를 지나 아이들에게 요리를 밀어주는 박신애. 과자는 매화나무잎 모양이었다. 모양을 잡은 다음 참기름에 튀기고 즙청을 하여 콩가루 고물을 묻혔다. 두 번 튀겨낸 까닭에 바삭한 식감이 엿보였다. 하지만 모양은 좀 투박했다. 매화잎 틀이 없으니 고구마를 조각해 사용한 게 이유였다.

매작과와 매엽과.

둘은 어떻게 다를까? 매엽과는 궁중 과자이고 매작과는 양반이나 평민들이 먹던 과자다. 민규도 매작과라는 말을 쓰기는 했지만 엄밀히 따지면 달랐다. 그러나 주재료로 밀가루를 쓰는 건 같았다. 부재료에는 꿀이나 설탕이 들어간다. 참기름이야 제한을 걸지 않았지만 설탕은 쓸 수 없는 옵션. 그런데 어떻게 즙청을 했을까? 즙청은 설탕이나 꿀을 발라 재워두는 과정이었다.

박신애의 선택은 감자였다. 감자는 고구마보다 당분이 많다. 그중에서도 밤감자가 그렇다. 밤감자를 볼 줄 아는 그녀, 즙을 내어 졸였다. 즙이 자작하게 줄어들자 그것으로 즙청을 해결했던 것. 다섯 채소의 조건은 밀가루의 비율을 살짝 높여 충족시켰다. 조금 남은 풋내는 두 번 튀기는 것으로 승부를 봤다. 그렇게 나온 다섯 가지 색깔의 매엽과.

한 아이가 젓가락으로 톡톡 건드리며 탐색하는 순간, 박신애가 민규에게 물었다.

"셰프님, 음악 좀 바꿔도 돼요?"

"음악? 응, 마음대로."

민규가 허락을 했다. 그때까지는 부드러운 음악이 흐르고 있었다. 박신애의 선택은 요한 슈트라우스의 경쾌한 라데츠키 행진곡이었다.

매엽과가 아이 입으로 들어갔다.

바삭!

입안에서 부서지는 소리가 너무 좋았다. 그런데… 우물거리다 보니 단맛도 괜찮고 고소함도 뒤를 이었다. 지금까지 먹었던 것보다는 한결 나았다. 그 맛에 이끌린 아이가 두 번째 매엽과를 잡았다. 주저하던 아이들도 그 뒤를 이었다.

아삭, 바삭!

다라랑, 라라라다랑!

음악이 다가와 박자를 맞춰주었다. 아이들은 서로를 바라보며 매엽과를 해치웠다. 마지막 매엽과가 넘어가자 아쉬운 눈빛마저 내쏜다. 누군가에겐 좌절의 신호였고 또 누군가에겐 행복의 신호였다. 그 순간을 각인이라도 시키려는 듯 세 아이가 합창으로 말했다.

"이거 더 먹고 싶어요!"

*　　　　*　　　　*

더 먹고 싶어요.

그 한마디로 승부는 끝이었다. 더 말해서 무엇 하랴? 민규의 허락을 받은 박신애, 추가 요리를 위해 요리대로 돌아갔다.

자작자작!

참기름 냄새가 진동을 하고,

자글자글!

즙청의 달달함이 후각을 흔들었다.

"더 먹을래?"

마지막 매엽과가 아이들 입으로 사라지자 박신애가 물었다.

"이젠 배불러요."

"나도요."

아이들이 떼창을 했다. 실제로도 배가 그득 불러 있었다.

"이제 음식 안 가리고 먹을 수 있죠?"

민규가 아이들을 바라보았다.

"네에!"

아이들은 온몸으로 대답했다. 들어올 때보다 몇 배는 커진 목소리였다. 그제야 민규의 초자연수가 출격을 했다. 잘 먹은 아이들에 대한 상이자 소화를 돕는 물이었다.

"고마워, 이 셰프."

조병서의 표정은 만족 그 이상이다.

"제가 아니고 박신애 씨입니다."

민규는 그녀의 공을 가로채지 않았다.

"얘들아, 요리해 주신 셰프님에게 인사드리고 가자."

"고맙습니다, 셰프님."

아이들은 배꼽 인사로 최고의 고마움을 전했다.

"갈게. 고마워."

조병서가 시동을 걸었다. 차는 시원하게 멀어졌다.

"박신애 씨."

실습관으로 돌아온 민규가 박신애를 호명했다.

"네."

"왜 매엽과였죠?"

"그게……."

박신애가 얼굴을 붉혔다.

"괜찮아요. 말해봐요."

"실은… 매작과를 만들고 싶었는데 양면으로 꼬아낼 줄을
몰라서……."

"뭐야? 그럼 실수였어?"

나영애가 끼어들었다.

"그런 셈이야. 하지만 전화위복이 되었네? 난 매작과 모양이
더 예뻐서……."

"감자즙으로 즙청을 할 생각은 어떻게 했죠?"

민규의 질문이 이어졌다.

"실은 그것도 실수로……."

"또 실수예요?"

"전에 요리 실습 하다가 감자를 삶는데 실수로 깜빡하는 바

람에 살짝 태운 적이 있어요. 그런데 배가 고파서 그냥 꺼내 먹었더니 바닥에 눌어붙은 진액이 생각 외로 단 거예요. 그래서……."

"셰프님, 그럼 이거 문제 있는 거 아닙니까?"

다시 나영애가 나섰다.

"뭐가?"

"실력이 아니고 실수라지 않습니까? 그럼 중국 가는 일과 모레 만찬 참가는……."

"실수에서 나온 요리가 한둘이야? 누룽지탕이 그렇고 두부의 유래가 그렇지. 실수로 명작을 만드는 것도 준비된 사람만이 할 수 있는 거라고 생각하는데?"

"……."

"박신애 씨, 아까 그 요리 한 번 더 해봐. 여기 다섯 사람이 다 맛볼 수 있게."

민규의 지시가 떨어졌다. 박신애는 또 한 번 수고를 했다. 아까보다도 더 능숙한 손놀림이었다.

"……!"

매엽과의 맛을 본 교육생들, 고개를 떨구고 말았다. 고소하고 달콤한 궁중 과자. 거기에는 여러 의미가 녹아 있었다.

궁중요리와 약선요리를 배우는 사옹대.

첫째는 정통 궁중요리의 메뉴를 가져옴으로써 궁중요리 교육생으로서의 기본자세를 갖추는 데 최선을 다했고, 둘째는 주어진 재료로 최대한 원방 레시피에 맞춰 응용을 했다. 마지막으로 셋째, 목적을 100% 달성했다. 민규의 설명을 들은 교육생들은 할 말이 없었다. 그들은 이 세 가지 중에서 한두 가지를 간과하거나 실패한 것이다.

"이제 내가 왜 박신애 씨의 실수를 높이 평가하는지 알겠어?"

민규가 나영애와 권병길을 바라보았다.

"네."

둘이 함께 대답을 했다. 직접 먹어본 박신애의 매엽과. 확실히 고소하고 달달했다. 게다가 바삭거리는 식감까지 좋으니 아이들이 채소 걱정을 잊을 만했다. 헛된 우월감과 시기심을 함께 내려놓으니 둘의 표정도 그리 나쁘지 않았다.

"아이, 씨… 알고 보니 발톱 숨긴 고수였네."

나영애가 박신애를 인정했다.

"나도 공감."

권병길도 같은 마음.

"신애 씨, 축하해."

교육생들이 박신애 옆으로 몰려들었다.

"자자, 여러분! 기수 대표로 말하는데 오늘 저녁은 박신애 씨가 한턱낸답니다. 박수로 환영할까요?"

나영애가 바람을 잡았다.

"좋아. 내가 쏠게."

박신애도 쿨하게 콜을 했다. 이로써 이번 기수의 불협화음은 사라졌다. 환하게 밝아진 나영애와 권병길의 얼굴이 그 중 거였다.

민규.

나영애와 권병길의 미완성 폭주 정도는 요리로써 뭉개놓을 수도 있었다. 그러나 닭 잡는 데 소 잡는 칼을 쓸 것인가? 인 간은 자기 그릇에 맞는 환경에서 가장 큰 각성을 한다. 거기 걸맞은 체험으로 자신의 현주소를 돌아보게 한 것이다. 버리 는 게 아니라 안고 가는 것. 그래서 사옹대 수련원이 더 인기 였고 민규가 이 수련원을 세운 목적이기도 했다.

"제가요, 셰프님 미래를 훔쳐봤는데요……."

상황을 지켜본 재희가 작심 발언을 했다.

"폭망이야?"

민규가 웃으며 응수했다.

"누가 그렇대요? 흰머리 팍팍 늘어날 거라고요."

"그러는 재희는? 나 대신 악역 맡느라 괜한 고생 아니야?"

"악역이라뇨? 누구든 셰프님께 기어오르면 그냥 안 돼요."

"흐음, 이래서 든든하단 말이지."

"아무튼 멋졌어요. 확 안 눌러주셔서 살짝 고구마이긴 했 지만."

"청와대 연락은?"

"곧 직원들 보낸다고 해요."

"그쪽 대통령 사진 자료도 왔어?"

"여기 출력해 왔어요."

"오케이, 그럼 박신애 씨 불러와. 미팅 한번 갖자고."

민규가 출력물을 받아 들었다.

'안녕하세요?'

출력물 속의 대통령에게 인사를 했다.

'체질 한번 보겠습니다.'

왕을 알현하는 숙수의 마음.

만찬의 시작은 언제나 '용안(龍顔)'의 체질 리딩이었다.

식성!

그건 거의 모든 인간에게 존재했다. 섭취의 유전자 같은 거였다. 셰프들과는 떼려야 뗄 수 없는 관계였다. 모든 맛을 즐기는 사람도 있지만 특정한 맛을 선호하는 사람이 있다. 특정한 식재료를 거부하는 사람들도 늘었다. 종교적인 신념도 이줄에 들었다. 탄자니아의 대통령 존 수마에도 특별한 식성을 가지고 있었다. 청와대에서 제공한 서류의 첫 줄에 나왔다. 밑줄까지 쳐진 상태였다.

[채식 선호]

채식…….

좋다.

민규도 좋아한다. 육식 위주로 폭주하던 지구촌의 식생활에 경종을 울려준 민규였다.

몇 년 전의 UN 연설. 그건 지구촌 먹거리 문화에 일대 혁신을 주었다. 그날 세계의 지도자들이 'UN 바른먹거리선언'을 채택하면서 시작된 일이었다. 할리우드의 스타들이 참가 선언을 하고, 빅 리그의 스포츠 스타들도 합세를 했다. 한국에서도 우태희와 남예슬을 비롯한 특급 스타들이 UN 선언을 지지하고 나서는 등 한바탕의 광풍이 지구촌을 휩쓸었다. 그 결과 GDP 2만 불 이상의 부국을 중심으로 육류 29% 감소라는 엄청난 반향을 불러왔다.

하지만 사람에 따라서는 채식이 좋지 않은 경우도 있었으니 탄자니아 대통령 수마예가 그런 케이스였다.

체질유형―火형
담간장―허약
심소장―허약
비위장―허약
폐대장―양호
신방광―우수
포삼초―양호
미각 등급―D
섭취 취향―평식

소화능력-A

영상과 사진에서 교차로 얻어낸 체질 정보였다. 火형이다.

"화형 체질에는 어떤 요리가 좋을까?"

미팅 자리에서 민규가 물었다.

"화형은……."

박신애는 잔뜩 긴장하고 있었다. 나영애처럼 전투적이지 않기 때문이다.

"천천히 생각해 봐. 아까처럼."

민규가 방제수를 건네주었다. 물을 마신 박신애는 이내 안정을 되찾았다.

"화형은 적색이니 쓴맛에 속합니다. 쓴맛과 더불어 친화적인 단내, 불 내, 그슬린 맛과 어울리니 나물이나 바비큐 등이 화형의 심소장을 영양하는 음식입니다."

"다섯 개만 뽑아봐."

"밥은 적두수화취, 국은 냉잇국, 고기는 칠면조구이, 찬은 더덕무침에 차는 홍차나 커피가 속합니다. 요리로 가자면 약선팥죽, 궁중칠면조 설야멱적, 궁중사삼병, 약선행병, 약선해바라기씨강정, 약선취나물전, 약선영지차 등이 좋을 것 같습니다."

"강정 만들 줄 알아?"

"셰프님께 말만 들었지 해보지는 않았습니다."

"해바라기씨의 약선 효과는?"

"소화기가 약하고 허약한 사람에게 좋으며 고혈압과 간 기능 향상에 좋아 마음을 안정시키고 어혈을 풀어주는 식품입니다."

"조금 더 디테일 하게."

"불포화지방요. 혈중 LDL 수치를 떨어뜨리려면 불포화지방이 중요한데 이 불포화지방이 해바라기씨에 많다고 들었어요."

"식재료 창고에 가면 해바라기씨가 있을 거야. 이번 만찬에서 해바라기씨 강정을 맡아봐."

"……?"

강정 담당? 박신애의 이마에 서늘한 한기가 흘렀다.

"셰프님."

"겁나?"

"탄자니아 대통령 만찬이라면서요?"

"아니면? 지금 우리가 용궁의 용왕님 이야기하고 있는 거야?"

"제가 어떻게 감히 만찬요리를?"

"대통령도 사람이야. 그보다는 아이들 편식 잡는 게 더 어려울 수도 있지."

"셰프님."

"겁나면 기권해. 다른 사람 시키면 되니까."

"……"

"아니면 아까처럼 또 한번 멋진 실수를 저질러 보든지."

"……."

"박신애 씨!"

민규가 주의를 환기시켰다.

"하, 하겠습니다. 해보겠습니다."

놀란 박신애가 발딱 소리쳤다.

"좋아. 내일은 실습 면제야. 집이 편하면 집에서 만들어도 좋아."

"주의 사항은요?"

"없어. 박신애 씨 마음대로!"

민규가 일어섰다. 긴말 따위는 필요 없었다.

"후아!"

민규가 나가자 박신애가 물을 들이켰다. 긴장 백배였다. 대통령 만찬 참가. 그녀로서는 꿈도 꾸지 못하던 일이었다. 그런데 그 기회가 왔다. 옆에서 허드레 심부름만 시켜줘도 엄청난 영광일 텐데 메뉴 하나를 맡았다. 옆에 있는 재희 몰래 허벅지를 비틀어보았다. 미치도록 아팠다.

해바라기씨!

조선의 제7대 왕 세조의 약선요리로 좋다고 말하던 민규. 세조는 칠기탕을 먹고 숙환을 뿌리쳤는데 이 처방에 근접하는 식재료가 바로 해바라기씨였던 것.

셰프님.

만들어볼게요.

기회를 주셔서 고마워요.

박신애는 두 손을 꼭 모은 채 감격에서 헤어날 줄 몰랐다. 재희는 조용히 일어나 미팅실을 나왔다. 그녀 자신도 그런 경험이 있었으므로.

'잘할 거예요.'

재희가 남겨놓은 건 달콤한 마음의 응원이었다.

청와대 경호 팀은 두 번을 다녀갔다. 저녁과 아침, 수고하는 경호 팀을 위해 약선죽을 내주었다. 경호 팀에서 가장 오래된 차장과는 막역한 사이가 되어버렸다. 몇 대 대통령에 걸쳐 안면을 쌓은 까닭이었다. 대통령은 가도 경호 팀은 남는다. 특히나 차장이 그랬다.

"고맙습니다. 셰프님 죽은 언제나 사람을 활기차게 만든다니까요."

차장이 말하자 경호원들도 깍듯이 예우를 갖춘다. 그때 외곽에서 약간 소란스러운 소리가 들려왔다. 내다보니 낡은 트럭이 보였다. 경호 동선을 점검 중이던 경호원이 그의 신분을 확인하는 중이었다.

"뭐야?"

차장이 다가갔다.

"도장공이라는데요, 예약자 명단에 없는데 들어오길래 신원 조회 중입니다."

경호원이 답했다.

"도장공이라… 차림하고 차하고… 여기 오실 분은 아닌 거 같은데?"

차장이 넌지시 물었다.

"비싸다는 건 알고 있습니다. 그래도 한 끼 먹을 정도는 됩니다."

도장공이 답했다.

"예약은 어떻게 설명할 거요? 여긴 예약만 받는 곳인데?"

"하도 급해서 온 겁니다."

"뭐가 말이오?"

"아, 급하면 급한 거지 그런 것까지 다 말해야 합니까? 당신들이 이민규 셰프도 아닌 거 같은데?"

도장공이 짜증을 내는 사이에 신원 조회 결과가 들어왔다. 전과 등의 문제는 없었다.

"어쨌든 돌아가세요. 여기는 오늘내일 예약자 외에는 안 받습니다."

"아, 정말… 사정이 급해서 그래요. 이민규 셰프님 만나게라도 해주세요. 방송에서 볼 때는 아픈 사람 사정도 잘 봐주시던데……."

"글쎄, 안 된다니까요."

실랑이가 길어지자 민규가 나왔다.

"어, 이민규 셰프님, 안녕하세요?"

차장이 돌아보는 사이에 도장공이 민규에게 다가섰다. 경호원이 제지하려 하자 민규가 신호를 보내왔다. 그냥 두라는 뜻이었다. 허름한 옷에 허름한 차지만 민규를 찾아온 사람. 당장 대통령의 만찬이 벌어지는 것도 아닌 다음에야 닥치고 쫓아버릴 수는 없었다.

"어떻게 오셨죠?"

"죄송합니다. 실은 제가 급한 문제가 생겨서요."

"설사 때문이군요?"

"어!"

민규 말에 도장공이 소스라쳤다. 동료들이 추천하던 말과 하나도 다르지 않았다. 보기만 해도 아픈 곳을 알아내다니…….

"설사를 하지만 배가 아프지는 않죠?"

"어어?"

점점 더 경악하는 도장공.

"몸에 습기가 들어왔습니다. 얼마 전에 습기가 많은 곳에 머무른 적이 있죠?"

"예."

"감기에 더러 토하시기도 하셨고……."

"으억!"

"습기에 의한 습설(濕泄)이 맞습니다. 만약 창자가 끊어질 듯이 아프면 화설(火泄)인데 그건 습이 아니라 열 때문에 오는 병이죠."

"맞아요. 호반의 아파트 현장이었는데 안개가 많이 끼는 곳이었어요. 일을 하고 나면 온몸이 젖을 정도로… 그때부터 감기 기운이 오더니……."

"오늘내일은 바쁘니 근간 예약을 하고 오시면 해결해 드리겠습니다."

민규가 완곡한 거절 의사를 밝혔다. 예전보다 유명해지고 위상도 높아졌지만 딱 하나 나빠진 것. 이렇게 불쑥 찾아오는 손님을 맞을 여유가 없다는 것이었다.

"아이고, 안 됩니다. 저 좀 살려주십시오."

도장공, 체면을 불고하고 민규에게 매달렸다.

"선생님……."

"제가 고층아파트 도장공입니다. 외벽에 아파트 이름과 동 호수, 마크 같은 것을 그리죠."

"예……."

"요 며칠 비가 오는 바람에 일을 마치지 못한 곳이 있습니다. 오늘까지 마치지 못하면 거액의 위약금을 물어야 합니다. 제발 한 번만……."

"그럼 고층아파트 벽에 매달려 일하신단 말씀이군요?"

"예, 한번 줄 타고 내려가면 일이 끝날 때까지 올라올 수 없습니다. 아파트 한 동 작업 끝내는 데 보통 3—4시간이 걸리는데 똥을 줄줄 흘리며 작업을 할 수야 없지 않습니까? 게다가 우리 작업이 올라가고 내려가는 데 걸리는 시간이 대부분이라 올라왔다가 내려갈 수도 없습니다."

"……."

"저도 일당은 좀 됩니다. 오늘 하루 일당 다 드릴 테니 어떻게 설사만 좀 멈추게… 이놈의 설사가 지사제에 병원 주사까지 맞았는데도 배가 싸해지기만 하면 줄줄… 아이고, 또 신호가 오네. 죄송합니다. 화장실 좀……."

대화 중의 도장공이 울상을 지었다.

"이봐요. 셰프님이 안 된다잖아요? 허튼소리 말고 가세요."

경호원이 다가와 으름장을 놓았다. 경호원으로서는 찜찜한 일이 아닐 수 없는 것이다.

"진짜 급한 분입니다. 그냥 두세요."

민규가 화장실을 가리켰다.

도장공은 잠시 후에 돌아왔다. 오늘만 몇 번을 간 걸까? 밀어내기 한 번으로 그의 얼굴은 노랗게 떠 있었다.

"할 수 없군요. 내실로 들어가세요."

민규가 홀을 가리켰다. 아파트 외벽 도장공. 한번 줄을 내리면 3—4시간 작업. 게다가 공기에 쫓긴다니 별수가 없었다. 앰뷸런스에 실리지만 않았지 상황만 보면 응급 상황에 다르지 않았으니 매정하게 보내면 두고두고 마음에 켕길 일이었다.

＊　　　　＊　　　　＊

습설(濕泄).

습기 때문에 생긴 설사다. 그렇다면 습을 잡는 게 우선이었다.

'창출에 뽕나무가지……'

약재를 집어 보았다. 택사와 천궁도 괜찮다. 식재료로 가면 자라고기, 돼지고기, 소라, 모과, 율무도 좋다. 그러나 돼지고기는 쓸 수 없었다. 정상 만찬 때문이었다.

탄자니아인들은 돼지고기를 즐기지 않는다. 인구의 3할이 넘는 사람이 무슬림이기 때문이다. 나머지 7할에 가까운 사람들이야 상관없을 수 있지만 전통적으로 꺼리는 식품. 그렇기에 탄자니아 대통령을 위해서라도 어제부터 다루고 있지 않았다.

자라는 준비되어 있지 않으니 율무와 모과, 소라를 골랐다. 약재로는 창출과 뽕나무가지를 찜하는 민규. 창출은 위아래의 습을 모두 잡을 수 있으니 유용했다.

─약선의이인죽.

─약선모과양갱.

─약선뽕나무차.

요리는 세 가지로 달렸다. 창출은 가루로 내어 죽에 넣었다. 여기에 청주를 두 숟가락 넣었다. 죽에 술을 넣는 것은 흔한 일이 아니었다. 옆에 있던 재희 시선이 떨어지지 않았다.

"법제 대신인가요?"

재회가 물었다. 약성을 위로 올릴 때에는 술에 담그는 경우가 많다. 그러나 설사는 아래에 속하는 것. 그러니 궁금하지 않을 수 없었다.

"습에는 술이 약이야. 특히 새벽안개 속을 걸어갈 때는 술 한 잔이 목숨을 살릴 수도 있지."

"예……."

재회가 고개를 끄덕였다.

"하지만 술은 양면을 가지고 있잖아. 너무 많이 마시면 오히려 주습이 생길 수 있으니 적당히 써야 해."

민규는 단점도 잊지 않았다. 한 면만 보고 가는 것. 그건 약선요리에서도 좋은 일이 아니었다.

의이인죽은 푸근하게 쑤어졌다. 고명으로는 깻잎 다진 것에 잣알 몇 개를 올렸다.

모과양갱에는 유자청을 살짝 가미했다. 유자는 향을 지닌 과일이다. 향 역시 습을 제거하는 데 좋다. 향이 몸에 들어가면 바람이 된다. 바람으로 습을 몰아내는 원리였으니 깻잎과 유자는 같은 목적이었다.

배김치에 갓 버무린 생파 김치를 곁들여 세팅을 했다. 응급 상황이라고 허투루 하지 않았으니 정갈한 세팅에 넋을 놓는 도장공이었다.

"어이쿠, 이게 먹는 음식 맞습니까?"

단출한 상차림이지만 기가 죽는 도장공.

"초고층아파트에 화룡점정을 하신다면서 이깟 요리에 그러십니까?"

민규가 조용히 웃었다.

"요리를 보니 제 작업은 깜냥도 아니로군요. 명작 앞에 허우대만 큰 낙서랄까?"

도장공의 시선은 양갱의 장식에 꽂혀 있었다. 노란 양갱은 초록의 연잎 위에 놓였다. 그 옆에는 매화꽃 가지와 함께 민들레꽃을 조각한 밤송이가 조화를 이룬다. 고아하기 그지없는 것이다.

"별말씀을요. 선생님 캔버스는 어마어마한 고층아파트고, 제 캔버스는 이렇게 소담한 밥상입니다. 깜냥이 안 되는 건 제 쪽이지요."

"그래 봤자 가나다라 이름에 회사 마크 그리는 정도입니다."

"하지만 목숨을 건 일 아닙니까?"

"셰프님은 목숨을 살리는 약선요리입니다."

"선생님도 고층아파트에 숨을 불어 넣는 거예요."

"저도 가끔 그렇게 생각하기는 하는데 셰프님 요리를 보니 기가 죽어서……."

"그 일은 얼마나 하셨어요? 보아하니 베테랑 같은데?"

"한 20년 됐지요. 제가 원래는 간판장이였습니다."

"간판장이요?"

"이게 벽면과 글자 사이즈의 비율이 딱 맞아야 하거든요.

간판 경험이 큰 도움이 되고 있지요."

"위험한 적은 없었나요?"

"바람이 적입니다. 습한 날도 유쾌하지는 않고요. 바람이 많이 불면 아예 작업을 하지 않는데 어떤 때는 돌발적인 돌풍이 불 때가 있어요. 한번 바람에 밀리면 줄이 계속 돌거든요. 아차 하면 추락하는 거죠."

"그럼 보수는 적지 않겠군요?"

"아파트 도장은 글자당 가격이 정해져 있습니다. 보통 한 자당 4만 원을 받죠. 하루 50만 원 내외로 법니다. 연봉으로 하면 1억 정도 되는데 이것도 개인사업자라고 세금이 많이 붙습니다. 저처럼 혼자 사는 사람은 무려 1~2천만 원? 5월에 소득세 내러 가면 허망하지요. 한 달치는 수입으로 그냥 털리거든요."

"예……."

세금… 이 또한 술처럼 양면이었다. 수입이 적은 사람은 세금 좀 많이 내봤으면 소원이 없겠다고 하는데 정작 세금 많이 내는 소원을 이루어도 그리 행복해하지 않는다.

"위험하기도 하고 보람도 있고… 그렇겠군요?"

"맞습니다. 제가 전국의 아파트를 수천 개 작업했는데 그 앞을 지나면 내 새끼라도 보는 것처럼 흐뭇하죠. 하지만 아직도 40층, 50층 고층아파트 작업에 나설 때면 기도부터 한답니다. 50층 길이면 밧줄 무게만 해도 100kg에 육박하거든요? 줄 안

놓치면서 작업 위치까지 가면 손발이 다 떨리지요."

이야기하는 사이에 식사가 끝났다. 후식으로는 약선질경이 차를 내주었다. 볶은질경이가루는 모든 설사에 잘 든다. 원인을 제거했으니 본편을 다스리는 민규였다.

꾸욱!

도장공이 트림을 제대로 했다. 동시에 그의 하복부에 서렸던 혼탁이 자취를 감췄다.

"응?"

도장공이 고개를 들었다.

"기분 어떠세요?"

"아까 화장실 다녀왔을 때도 배가 사르르거렸는데……?"

"이제 괜찮을 겁니다."

"히야……."

"앞으로 습기가 많은 곳에서 작업할 때는 아침밥에 술을 한 숟가락만 넣어서 드시고 일을 하세요. 그럼 습설에 걸리지 않을 겁니다."

"아이코, 고맙습니다. 약을 먹어도 뒤가 열린 것 같아서 찜찜했는데 아주 가뜬하네요."

"좋은 작품 많이 그리세요."

"아휴, 말씀도 원… 마치 저를 화가처럼 대우해 주시지 않습니까?"

"당연히 화가지요. 그것도 지상 가장 높은 곳의 화가."

"요리도 요리지만 그 말씀에 힘이 확 나는군요. 정말 고맙습니다."

도장공이 계산을 했다. 기분이 좋다며 서빙하는 종업원에게 5만 원을 찔러주었다. 종업원이 사양해도 소용없었다. 사옹대는 팁을 받지 않는다. 그러나 마지못해 받아야 할 경우도 있으니 그 돈은 따로 모아 분기별로 기부를 했다. 기부자 이름은 민규가 아니라 종업원들로 하고 있었다.

"셰프님, 고맙습니다."

도장공은 우렁찬 목소리를 남기고 멀어졌다. 습에 젖었던 표정도 이제는 뽀송뽀송이었다.

이른 아침, 나주상회에서 산나물이 도착했다. 엄선하고 또 엄선한 식재료들. 이번에 특별히 주목하는 건 배추와 무였다.

배추와 무.

우리 민족에게 뗄 수 없는 먹거리. 그럼에도 불구하고 주목받지 못하던 그것을 과감하게 메뉴에 포함시키려는 의도였다. 배추와 무는 주인이 직접 가지고 왔다. 강원도에서 고랭지 농업을 하는 '그냥 농사꾼'이었다. 그는 평생 배추와 무만 심었다. 현지답사는 얼마 전에 마쳤다. 만찬에 쓰는 식재료를 보통 현지답사로 체크한다. 유기농에 가까웠다. 그러나 그는 티 내지 않았고 요란을 떨지도 않았다.

"사람 입으로 들어가는 건데 남들이 안 본다고 농약에 비료를 마구 뿌리면 못 쓰지."

첫마디부터 마음을 끌었다. 그의 헛간을 열었다. 농자재가
자유분방(?)했다. 그래서 더 신뢰가 갔다. 대개는 민규가 간다
고 하면 대청소에 더불어 대정리를 하는 사람들. 그러나 그는
민규 따위(?)는 신경 쓰지 않았다. 그저 배추를 돌볼 뿐이었다.

순박함.

그게 제대로였다. 이런 사람은 먹는 것에 장난질을 치지 않
는다. 몇 가지를 더 체크하고 만찬의 새 아이템으로 결정을
했다.

"아유, 맛나네."

좋은 식재료를 실어 온 보답으로 약선죽 한 그릇을 주었다.
그는 방광이 약했으니 폐를 살리는 팔보죽을 내주었다. 팔보
죽은 기가 허할 때는 물론, 심장과 폐까지 보양하는 죽이었
다. 방광이 약하면 폐를 살리는 약선을 쓴다. 죽의 내력을 설
명하자 배추밭 주인이 혀를 내둘렀다. 원인을 저격하는 처방
이 마음을 사로잡은 것. 거기에 돼지콩팥찜을 곁들여 주니 변
강쇠 부럽지 않은 오줌발을 쏠 수 있었다.

"볼일 보시고 이따가 다시 한번 와주시기 바랍니다."

당부와 함께 농부를 돌려보냈다.

할머니의 동생이 보내준 산야초도 꺼냈다. 너무 싱싱했다.
참나물을 하나 입에 물었다. 향긋한 향이 일품이었다. 방금
잘라낸 듯 생생한 향이 너울거렸다.

정갈한 곡물과 채소, 산야초 등을 챙겨 주방으로 향했다. 일찌감치 도착한 재희는 마름을 고르고 있었다. 산야초와 채소는 이제부터 요리가 시작된다. 미리 다듬어두거나 하는 만행 따위는 사옹대의 금기였다. 산야초와 채소 등은 순간 요리가 원칙이다. 미리 손을 대면 싱싱함이 상하기 때문이었다.

어제 도착한 이모부의 독도새우와 게를 꺼냈다. 벽해수에 담가 보관한 덕분에 갓 건져낸 것만 같았다. 육류로는 새우와 게가 전부였다.

세계 정상들의 만찬.

그 개념도 많이 바뀌었다. 과거에는 샥스핀이나 푸아그라, 송로버섯과 철갑상어알 등의 진귀한 요리에 송아지 안심, 새끼 양의 갈비, 최고급 와규와 호화 재료가 많이 쓰였지만 이제는 자취를 감추었다. 이 또한 민규가 먹거리 발언을 한 UN 선언 때문이었다.

미국과 중국, 러시아와 영국 등의 지도자들이 검소하고 소박한 만찬을 지향하자 다른 국가들도 그 뒤를 따랐다. 물론 특별한 경우나 일부 국가에서는 진귀한 식재료를 쓰고 있지만 대세는 소박한 자연식. 그중에서도 민규의 만찬이 교과서가 되고 있는 판이었다.

그렇기에 오늘도 만찬 식재료 기자회견이 예정되어 있었다. 만찬이 끝나면 민규가 요리에 쓰인 식재료를 공개하고 설명을 한다. 레시피 또한 모두 공개된다. 그 내용들은 바로 세계의

화제가 된다. 요리사들은 요리사대로, 미식가들은 그들대로,
혹은 크고 작은 국가의 만찬에도 응용이 되는 것이다.

"아이템 짜봤어?"

민규가 재희를 불렀다.

"네, 셰프님."

그녀가 메모지를 내밀었다. 이제는 그녀도 주목받는 젊은
셰프의 한 사람이지만 언제나 깍듯하다. 재희는, 그녀 마음속
에 품었던 민규에 대한 경외심을 한순간도 내려놓지 않았다.

'내 남은 삶은 이분이 만들어준 것.'

생명의 은혜를 잊지 않는 재희였다.

―약선마름수프.

―약선산야초초밥.

―약선새우구이.

―약선게구이.

―연근김치.

―약선길경소방.

―약선배추무전.

―궁중우병.

―궁중삼색부각.

―궁중쑥단자.

―약선국화채.

―약선향설고.

—약선유자차.

재희가 구상한 요리는 모두 12가지였다. 수프로 시작해 유자차로 끝난다. 수마에 대통령의 체질인 화형을 충실하게 고려한 것. 화형은 목생화의 영향을 받으니 겹치는 메뉴 없이 목형을 보완하는 조치까지 완벽했다.

"배추무전?"

민규가 짐짓 물었다.

"현지답사도 하시고 농장주를 부르기까지 하셨잖아요? 분명 배추와 무를 넣으실 것 같은데 김치를 담그지는 않으시길래……."

재희의 답이었다. 이심전심이다. 종규처럼 그녀도 이제, 민규와 제대로 통하고 있었다.

"족집게네. 다른 메뉴도 다 좋은데?"

민규가 웃었다.

"정말요?"

"체질도 잘 맞췄고 색감도 제대로야. 다만 쑥단자가 조금 단조로우니까 유자단자하고 포도단자로 함께 구성하면 더 좋을 것 같은데?"

"그럼 약재는 현호색으로 가시는군요?"

"하핫, 재희도 이제 귀신이라니까."

"귀신 눈치 정도는 볼 줄 알죠. 혹시 칠기탕 약재들도 들어가나요?"

"귀신에서 약신으로 승급!"

"셰프님⋯⋯."

"어디서 힌트 얻었어?"

"어제 박신애 씨에게 말한 해바라기씨 경단요. 현호색에 해바라기씨, 칠기탕을 합치면 세조의 약선이 나오잖아요."

"약신에서 천신으로 승급!"

"셰프님⋯⋯."

"맞아. 탄자니아 대통령님, 스트레스가 좀 심한 거 같아. 가슴이 답답해 보이거든. 소방, 향설고, 단자는 재희 씨에게 맡길 테니까 적절하게 가미하도록."

"알겠습니다."

대화가 끝나갈 때 박신애가 들어왔다.

"안녕하세요?"

잔뜩 상기된 얼굴로 인사를 한다. 목소리가 밝다. 숙제를 잘했다는 신호였다.

"과제는?"

"여기요."

민규가 묻자 보자기를 풀어놓았다. 바구니에 소담한 해바라기씨 경단이 보였다. 푸근하고 고소한 향이 올라왔다. 제대로였다. 그녀가 갈 때 하빙을 아이스박스에 담아 주었다. 보통은 경단을 만든 후 냉장고에 넣어 식힌다. 그러나 최상의 방법은 아니었다. 냉장고에는 냉장고 냄새가 있다. 제아무리 청결

하게 닦는다고 해도 맑고 선선한 숲에서 식힌 것과 차원이 다르다. 그래서 내준 게 하빙이었다. 하빙을 두르고 식히면 가슴 답답증 해소에도 시너지가 될 일이었다.

그런데…….

"……?"

박신애의 해바라기씨 경단은 민규의 기대를 넘고 있었다. 아련한 향 때문이었다.

"신애 씨?"

재희도 그걸 알았다.

"셰프님…….."

잔뜩 긴장한 신애가 민규를 바라보았다.

"괜찮으니까 말해봐. 무슨 짓을 한 거야?"

"그게… 탄자니아 대통령이 화형 체질이라기에… 하빙 위에서 말릴 때 주변에 신선한 쑥과 솔잎, 모과 조각을 둘러놓았어요. 그러면 냄새가 은은하게 배어서 도움이 될까 봐……."

"신애 씨 생각이야?"

"네… 다시 만들까요?"

"아니, 너무 잘 만들어서 다시 손대면 망칠까 무서운데?"

"네?"

민규의 미소에 박신애가 왈딱 반응을 했다.

"아주 잘했다고. 하지만 너무 과하면 적반하장이 되었을 텐데 주제를 벗어나지 않게 은은해서 좋아. 그럼 이제 절단해서 세팅 준비하도록."

"세, 세팅도 제가 해요?"

"아니면? 통일성 몰라? 한 요리는 한 사람이 완성시키는 게 좋다."

"으악!"

박신애가 주저앉았다. 만드는 내내 가슴 졸였던 그녀. 덕분에 한숨도 자지 못했다.그걸 들고 오는 길에도 가슴은 통제 불능으로 뛰었다. 혹시라도 민규 마음에 안 들면 어쩌나 노심초사했던 것.

"그건 틀렸네."

울먹이는 고백을 들은 민규가 팩트를 알려주었다.

"요리는 내가 먹을 게 아니거든. 수마에 대통령 마음에 들까, 안 들까를 걱정했어야지."

"셰프님……."

"세팅도 한번 마음먹고 사고 쳐봐. 기대하고 있을 테니까."

"네에!"

박신애의 목소리는 폭포라도 흔들 기세였다.

5. 국가지정 만찬장 사용대

오늘의 스페셜 궁중요리 레시피는 게구이와 배추무전.

꽃게는 두 마리였다. 이 게를 어디다 구울까? 고소한 참기름에 씨간장을 뿌려 참숯에서 구워낼까? 아니면 오븐에서 균등하게 구워낼까? 하지만 이 게는 찜솥으로 들어갔다.

바스락!

벽해수 물에서 생기와 활기를 되찾은 꽃게들. 민규가 톡 기절타를 작렬하자 집게발의 움직임을 멈췄다. 그냥 넣으면 뜨거운 증기에서 괴롭다. 할랄 음식만 이런 걸 따지는 게 아니었다. 좋은 궁중요리와 약선도 그 원리는 다르지 않았다. 뚜껑을 닫으며 레시피를 그려보았다.

1) 싱싱한 꽃게를 고른다. 꽃게가 없다면 게살도 무방하지만 맛의 레벨 다운은 감수하는 게 좋다.

2) 게를 깨끗이 닦아 찜기에 넣는다.

3) 20—30분 정도 찐 후에 꺼내 살을 발라낸다.

4) 준비한 달걀과 녹말, 다진 생강, 다진 파 등의 양념을 더해 게살을 넣고 반죽한다.

5) 반죽은 충분히 치대야 맛이 좋다.

6) 대통을 반으로 갈라 반죽을 넣고 나머지 반으로 덮은 후, 미나리 줄기로 묶는다.

7) 김 오르는 찜솥에 넣고 2시간 정도 쪄낸다.

8) 익는 동안 참기름, 간장을 2 대 1 정도의 비율로 섞어 유장을 만든다.

9) 대통에서 반죽을 꺼내 먹기 좋은 두께로 썰어 꼬치에 꽂고 유장을 발라 팬에서 노릇하게 구워낸다.

10) 계란으로 부쳐낸 지단을 꽃 모양으로 찍어내 올리고 접시에 낸다.

민규의 게구이는, 그러니까 일종의 찜 오뎅으로도 볼 수 있었다. 게는 타우린 덩어리다. 간과 심장을 보하고 성인병을 예방한다. 게는 보통 게장, 찜, 탕으로 먹지만 구이와 더불어 전유어로도 먹을 수 있다. 이 방식으로 만들면 게를 싫어하는 사람도 먹을 수 있다. 대통에 넣고 찌는 과정에서 비린내를 잡는 까닭이었다. 게다가 대나무 진액의 효능까지 얻을 수 있으니 약선으로도 그만이었다. 찜은 시간이 걸리니 미리 안쳐 두었다.

다음으로 배추와 무를 골랐다. 배춧잎 중에서도 가장 좋은 것을 골랐다. 무는 갈라놓으니 시원한 냄새가 났다. 한쪽을 잘라 맛을 보았다. 배를 먹는 듯 청량한 맛이 마음에 들었다.

"VIP들이 오십니다."

경호 직원이 들어온 건 그때였다. 도착하기 10분 전이면 민규에게 통보를 하기로 되어 있었다. 민규가 나가 귀빈들을 맞아야 하기 때문이었다.

손을 씻고 정원으로 나왔다. 경호 동선에 두 명의 경호 직원이 보였다. 도로 입구에도 두 명. 다들 긴장 모드에 돌입해 있지만 민규에게는 이미 익숙한 광경이었다.

'오시는군.'

시야에 차량 행렬이 들어왔다. 민규와 인연을 맺은 네 번째 대통령. 주용길 이후에도 사옹대의 만찬은 전통이자 불문율로 이어졌다. 대선 직전이면 출마자 예약이 미어터지는 것도 하나의 진풍경이 되었다. 출마자들은 일단 사옹대에서 '당선' 된장찌개 밥상을 받았다. 주용길의 선례가 길이 된 것. 그걸 먹으며 당선을 소망하는 후보들이었다.

끼익!

차는 소리도 없이 멈췄다. 경호 과장과 직원들이 절도 있는 동작으로 차 문을 열었다. 대통령이 내리고 먼 길을 날아온 탄자니아의 대통령 수마예도 내렸다.

"어서 오십시오."

민규가 두 대통령을 맞았다.

"Wow, so beautiful antique and sophisticated!"

봉황실 장식을 본 수마예가 반색을 했다. 봉황실은 주로 정상 만찬용 내실이었다. 더러는 고관대작들과 기업 회장급들의 연회로도 쓰인다. 그 분위기는 제대로 왕실이었다. 경복궁과 덕수궁, 창경궁의 문양을 따서 장식한 벽과 마루 등에서 궁궐 분위기가 물씬 풍기는 까닭이었다.

"모시게 되어 영광입니다."

민규가 영어로 말했다.

"별말씀을. 나야말로 사옹대에서 이 셰프의 요리를 맛보게 되어 영광입니다."

수마예도 영어로 화답을 했다. 탄자니아는 스와힐리어와 영어를 함께 쓰니 통역이 필요 없었다. 착석한 그는 살짝 상기되어 있었다. 민규는 차분하게 체질을 재확인했다. 비행으로 인한 충혈과 피로 외에 크게 변한 건 없었다.

"약수부터 올립니다."

세 가지 초자연수가 서전을 장식했다. 수마예에게 준 건 정화수와 지장수, 그리고 요수 삼총사였다. 묵직한 정화수는 술독과 구취를 날려주고 머리와 눈을 맑게 한다. 지장수는 해독에도 좋으니 수십 년 쌓인 찌꺼기를 밀어낼 것이고 담박한 요수는 비위를 보하는 동시에 중초를 강화시켜 줄 것이다.

"이게 말로만 듣던 이 셰프의 약수로군요. 어디에 좋은 겁니까?"

수마예가 궁금해하기에 효능을 설명해 주었다. 그는 보석을 마시듯 소중하게 물을 마셨다.

"좋군요. 가슴이 뻥 뚫리는 기분입니다."

그가 대통령을 돌아보았다. 대통령은 눈웃음으로 화답을 했다. 그사이에 재희가 말린 과일을 가져왔다. 수마예의 눈이 휘둥그레졌다.

"이거?"

"탄자니아의 국기를 그려보았습니다. 심심증을 달래면서 잠시만 기다려 주시기 바랍니다."

두 왕을 두고 봉황실을 나왔다. 말린 과일은 네 가지였다. 검은색, 녹색, 푸른색, 노란색……

흰 개망초 말린 것을 바닥에 깔고 장식을 하니 그대로 탄자니아 국기였다. 다른 나라 왕을 위한 예의였다.

"시작해 볼까?"

손을 씻은 민규가 재희를 돌아보았다.

"네, 셰프님."

재희의 미소는 속이 꽉 찬 배추처럼 푸근하고 단단해 보였다. 게구이 찜솥은 잘 돌아가고 있다. 초밥용 밥을 안치고 참기름 세 방울을 떨구었다. 뚜껑을 닫은 후, 다음 요리에 돌입했다.

배추무전.

처음으로 만찬에 올리는 아이템. 그러나 배추무전의 내력은 생각보다 길었다. 특히 안동 쪽이 그렇다. 그곳에서는 관혼상제의 의례에서는 물론, 일상에서도 배추무전이 흔했다. 특별한 재주를 필요로 하지 않으면서도 깔끔하고 담백하다. 배추 본래의 시원한 맛과 슴슴한 단맛이 좋은 식재료이니 기대도 컸다.

통통!

두툼한 배추 줄기는 대나무 막대로 두드려 부드럽게 폈다. 그런 다음 벽해수에 절여냈다. 무는 살짝 데쳐 매운맛을 뺐다. 밀가루 반죽을 마치면 잘 달구어진 팬에 기름을 두르고 노릇하게 지져내면 그만이다.

무는 꽃 모양을 내어 잘랐다. 이렇게 부쳐내면 꽃전을 방불케 한다. 지짐이 끝날 때쯤 들기름 한 방울을 투하하니 술술 들어갈 맛 덩어리가 따로 없었다.

국화채는 배추전에 이어 마무리를 지었다. 국화채는 독특한 우리 요리다. 연두가 비치는 연한 국화잎으로 만든다. 그 잎을 살짝 데쳐낸 후에 찧어 만두소처럼 만든 후에 녹말을 묻혀 한 번 더 데쳐내면 완성이다. 국화잎 은은한 향에 부드러운 녹말 느낌이 식감을 더한다. 우병에 이어 여기에도 민규의 필살기가 들어갔다.

스피드 업. 요리의 마지막에는 이게 필요했다. 그래야 많은 요리가 제맛을 간직한 채 동시에 나갈 수 있는 것이다.

"재희!"

민규가 신호를 주었다.

"거의 끝나가요."

"박신애 씨."

"저는 끝났어요."

그녀가 조심스레 답했다.

"……!"

그녀의 접시를 본 민규 눈빛이 찰랑 흔들렸다. 민규 뜻대로 또 한 번의 사고를 친 그녀였다. 접시 바닥에 과감하게 황금색 짚을 깔았다. 말린 산나물을 엮고 있던 줄을 깨끗이 닦고 말려 응용한 것이다. 그 중심 라인에 솔잎을 깔고 경단을 올렸다. 경단 옆에는 흰 마 조각을 놓고 가운데를 파서 수련목 한 송이를 꽂았다. 그 수련목은 민규의 두 요리인 국화채, 우병의 분위기와 연결되었다.

"와우!"

재희가 감탄을 터뜨렸다.

"박신애 씨, 이거 하나 더 만들어."

"데커레이션이 잘못되었군요? 짚을 뺄까요?"

"아니. 그냥 그대로. 내가 따로 쓸 데가 있어서 그러니까 내일 아침에 올 때 좀 부탁해요."

"정말요?"

대답하는 박신애, 콧등이 시큰했다. 퇴짜를 맞아 다시 만들라는 것으로 알았던 그녀. 불안하던 마음에 빛이 내리는 순간이었다.

"자, 그럼 마감하자고."

민규가 초밥을 끝냈다. 가지런히 세팅을 하고 마름수프를 퍼 담았다. 자색 은은한 수프에서 달달한 향이 올라왔다. 김이 모락거리는 수프에 잣가루를 정갈하게 올리고 해당화 꽃잎을 한 잎 떨구었다.

"가자."

민규가 카트를 밀었다. 재희가 그 뒤를 따랐다. 앞서가던 민규가 문득 돌아보았다.

"박신애 씨, 뭐 해?"

"네?"

"주관 셰프잖아. 같이 들어가야지?"

"저, 저도요?"

"경단 누가 만들었어?"

"하지만……."

"서둘러. 음식 식거든."

민규가 찡긋 윙크를 했다. 박신애는 들고 있던 행주를 내려놓고 재희 뒤를 따랐다.

"요리 나왔습니다."

두 대통령 앞에서 민규가 만찬의 서막을 열었다. 말림 과일은 딱 한 쪽이 남아 있었다. 만찬이나 유명인들의 공식 모임에서 흔한 풍경이었다. 그걸 볼 때마다 시골 장터를 돌 때 보던 까치밥 홍시가 떠올랐다. 하나쯤은 남긴다. 동서양 공통의 미덕인 모양이었다. 수저가 놓이고 휘건이 놓였다. 요리의 세팅은 민규의 몫이었다. 재희가 보조를 했다. 그러다 해바라기씨 경단 차례가 되었다. 재희가 박신애의 등을 밀었다.

"……"

경단 접시를 잡는 박신애의 손이 사정없이 떨렸다. 재희가 그 발등을 지그시 밟아주었다. 그제야 박신애는 얼음장 긴장에서 깨어났다.

다닥다닥!

멋대로 부딪치는 이를 입술을 물어 참아냈다. 민규에게 경단을 건네주고 물러선 그녀, 민규의 배열을 눈여겨보았다. 그냥 놓는 것이 아니다. 요리의 배열은 요리의 마지막 과정이었다. 주식과 부식에 오방색까지 고려하지만 청각, 후각, 촉각, 시각까지 고려가 된다. 냄새는 겹치지 않게 하고, 요리가 지닌 식감 또한 기승전결식으로 배열을 했다. 때로는 바삭한 것끼리 모으지만 또 때로는 따로 펼쳐 미각을 촉발시키는 것이다.

"아!"

세팅이 끝나자 수마예가 감탄사를 토했다. 요리는 모두 열네 가지였다. 같은 계열끼리 담아냈으니 접시는 모두 열 개였다. 찬란하지 않으면서도 지상의 아름다움이 고루 깃든 요리.

그야말로 오곡과 오과의 향연이었다. 육류는 없지만 그 어떤 만찬보다도 격이 깊은 궁중—약선요리. 먹는 게 아니라 간직하고 싶은 요리가 바로 이것이었다.

테이블의 가운데.

거기 떡하니 자리 잡은 건 마를 깎아 조각한 양국 국기였다. 국기의 색감은 오직 채소의 색소만을 사용했다. 그 아래 악수를 나누는 두 개의 작은 조각상 역시 민규의 작품. 캐리커처풍의 단순 조각이지만 분위기 한번 제대로 띄웠다.

캐리커처는 유명한 웹툰 작가에게 빌린 영감이었다. 사용대로 이름을 바꾸고 얼마 후 유명 웹툰 작가들이 예약을 했다. 모두 연봉 10억이 넘는 작가군이었다. 그때 조순이라는 작가가 민규의 캐리커처를 그려주었다. 거기서 영감을 받아 정상 만찬에 응용하는 민규였다.

접시 하나하나의 장식은 차라리 눈이 부셨다. 새우구이와 게구이를 함께 담아낸 접시 바닥의 소스는 탄자니아 국기 색이었다. 가운데 이어지는 두 개의 노란 선까지 같았다. 더구나 국화채와 우병… 그건 두말이 필요 없는 감동이었다. 천년초와 맨드라미 물을 들인 녹말 때문이었다. 그 색감은 탄자니아의 국화로 불리는 프로테아꽃을 닮았으니 한 겹, 한 겹 쌓은 자태도 그랬다.

우병은 그의 완결판이었다. 토란을 프로테아꽃처럼 조각한 다음에 쪄낸 후 고운 채로 걸러낸 녹두고물을 뿌려놓으니 입에 넣으면 녹을 것만 같았다. 소담함의 결정체 배추무전도 시선을 끌었다. 초록 날개와 황금 날개. 그 사이에 핀 연화 문양 무전의 품격. 신선의 맛이 아른거리는 매력이었다.

"배추무전은 우리 한국의 대표적인 채소로 만들었습니다. 담백하고 부드러운 맛이 일품입니다."

배추무전은 따로 설명을 붙였다. 사소해 보이지만 회심작이라는 의미였다.

"셰프……."

수마예는 입을 다물지 못했다. 덕분에 침을 흘리는 대참사까지 빚을 뻔한 수마예였다.

"편안한 식사가 되시길 바랍니다."

간단한 설명과 함께 물러났다. 사옹대로 변한 후에도 민규의 요리 철학은 변하지 않았다. 맛난 요리는 구구절절한 유래보다 맛부터 보는 게 최고였다. 먹는 게 남는 거라는 한국말처럼, 맛난 요리에 끼는 사설은 잡설이 될 뿐이었다.

만찬 시작.

두 대통령은 이따금 덕담과 미소를 나누었다. 한국 대통령이 더러 식재료의 내력에 관해 말한다. 그것 외에는 먹기에 올인이었다. 미각이 그랬다. 완전하게 압도된 두 왕의 미각은 다음 요리를 갈망했다. 그 본능을 거부할 힘은 두 사람에게 없었으니 민규에게 마음이 열린 대통령도 오늘은 요리에 빠져 있었다.

요리가 거듭되는 동안 수마예의 머리와 가슴은 여과가 되듯 맑아졌다. 한 입을 먹으면 한 꺼풀, 두 입을 먹으면 두 꺼풀이 벗겨진 것. 마지막 남은 쑥단자를 넘겼을 때, 그의 시름과 스트레스는 깔끔하게 사라진 후였다.

후아!

기분이 좋아졌다.

그건 한국 대통령도 마찬가지였다. 밥상머리에서 마음이 맞으니 미뤘던 과제의 타협도 쉬웠다. 둘은 요리와 함께 난제도 소화시켜 버렸다. 모두가 만족스럽지는 못하지만 차선의 방법을 찾아낸 것.

"감동이었습니다."

후식으로 나온 약선유자차를 끝으로 만찬이 끝났다. 수마예 대통령이 진심 어린 감사를 표해왔다.

"감동은 저희 대통령께……."

민규가 인사를 양보했다. 이 식사는 대한민국 정부에서 내는 까닭이었다.

"대통령께도 각별한 고마움을 표했습니다. 그리고 이것……."

그가 비서실장에게 받아 든 선물을 내밀었다. 탄자니아의 토산 조각품과 향신료였다.

"조각품은 우리 탄자니아의 명물이고 향신료는 카다몬입니다. 고대 로마에서 소화제로 사용하기도 했는데 나름 고급에 속하죠. 셰프의 요리에 사용해 주시면 영광이겠습니다."

카다몬.

볍씨처럼 생겼다. 풍후한 방향성으로 데미타스 커피의 맛과 향, 덴마크풍의 빵, 파이, 케이크 등에 주로 쓰는 것. 최상급으로 구해 온 것이니 민규에게도 좋은 선물이었다. 이런 풍경은 이제 흔한 일이 되었다. 많은 정상들이 민규의 요리를 고대한다는 방증이기도 했다.

"수고 많았어요."

대통령의 인사도 이어졌다. 올해만 열한 번째, 사옹대의 만찬은 또 한 번 감동으로 막을 내렸다.

*   *   *

전쟁!

만찬은 전쟁이었다. 그러나 살벌한 전쟁이 아니라 아름다운 맛의 전쟁. 그 전쟁은 아직 끝이 아니었다. 취재 전쟁으로 이어지는 것이다.

탄자니아 대통령.

강대국이 아니니 여타 국빈에 비해 중량감은 조금 떨어졌다. 그러나 기자들의 관심은 조금도 떨어지지 않았다. 그게 민규의 위상이었다. 국력이 막강한 나라의 지도자가 오면 국력 때문에, 그 반대의 지도자가 오면 호기심 때문에, 이래저래 미어터지는 게 마무리 기자회견이었다.

오늘도 예외는 없었다. 한국의 연합통신은 물론이고 가까운 신화통신과 세계 유수의 통신사 기자들까지 전원 집합이었다.

미식을 다루는 뉴욕과 파리, 도쿄의 기자와 칼럼니스트들은 일찌감치 불이 붙었다. 이번에는 또 어떤 경천동지할 새 메뉴가 나왔을까? 그들의 기대감은 하늘을 찌르고도 남았다.

"나온다."

문 쪽에서 내다보던 기자가 소리쳤다. 복도에 등장한 민규를 본 것이다. 민규는 카트를 밀고 있었다. 그 뒤로 포진한 재희와 박신애가 보였다.

펑펑!

카메라가 불꽃 작렬을 시작했다. 그러나 선을 넘지는 않았으니 그게 민규와의 약속이었다. 만약 선을 넘어 요리 진행을 방해하면 기자회견은 바로 취소였다. 선례는 이미 있었다. 독일 총리가 왔을 때였다. 유럽 기자 네 명이 주방을 몰래 찍고 만찬장 복도까지 난입을 했다. 속된 말로 빡친 민규, 그날 모든 취재를 거부하고 기자들을 돌려세웠다. 그 이후로 불문율이 된 취재 문화였다.

펑펑펑!

카메라는 카트가 멈출 때까지 멈추지 않았다. 임시 회견장 안에서 재희가 카트 뚜껑을 열었다. 만찬요리 중의 일부가 드러나는 순간이었다. 세팅은 박신애와 함께했다.

—약선배추무전.

단품 한 요리만 여섯 접시였다. 만찬이 끝나면 그날의 화제의 요리를 선보인다.

그러니까 오늘 민규의 특선은 배추무전이라는 뜻이었다. 초록 날개와 황금 날개. 그 사이에 우아하게 자리 잡은 연화 문양 무전의 품격. 기자들의 시선을 푸근하게 잡아 끌었다.

"오늘 여러분에게 선보일 요리는 궁중배추무전입니다. 일단 맛을 보시죠."

쪼르륵!

민규가 초자연수를 기자들 숫자대로 따라서 놓았다. 아침 이슬처럼 맑은 물 방제수였다.

"……!"

몇 초 정도, 회견장은 고요했다. 요리 맛을 보는 것이다. 이때만은 기자들도 조용했다. 맛의 포인트를 잡아야 제대로 된 질문을 할 수 있기 때문이었다.

"아!"

"히야!"

감탄사들이 나오기 시작했다. 배추와 무 따위가 정상 만찬의 메뉴가 될 수 있을까? 더러는 그런 눈치도 보였지만 바로 실종되고 없었다.

"어떤 내력을 가지고 어떤 효과를 가진 약선입니까?"

첫 발언권을 가진 사람은 뉴욕 타임스의 기자였다. 다짜고짜 핵심부터 찌르고 들어왔다.

"배추와 무는 우리 민족의 역사와 궤를 같이하는 식재료라고 할 수 있습니다. 너무 흔해 대접을 받지 못하기도 하지만 그들도 나름 고귀한 맛과 약성을 가지고 있습니다."

민규의 설명이 시작되자 기자들은 숨을 죽였다.

"배추는 숭채로 불리며 단맛이 나고 술독과 갈증 해소에 그만이죠. 아울러 음식의 소화에도 탁월한 도움을 주니 위를 편하게 하고 변비까지 예방해 줍니다."

"오오……."

"그러나 찬 성질이므로 많이 먹으면 냉병이 생길 수 있습니다."

"하지만 한국인들은 이 배추로 김장을 담가 대량으로 먹지 않습니까?"

뉴욕 타임스 기자의 질문이 꼬리를 물었다. 그는 처음이 아닌 사람, 한국의 먹거리에도 조예가 깊었다.

"그건 약선요리의 배오이론으로 설명됩니다. 칠정(七情)의 원리 중에 상쇄라는 게 있는데 배추와 생강의 궁합이 그렇습니다. 생강과 함께 먹으면 배추의 독이 사라지니 김치에는 생강이 들어갑니다. 이 배추전의 밀가루 반죽에도 생강가루가 들어가 있습니다."

"아……."

"무로 이어갑니다. 무는 배추의 짝입니다. 바늘과 실의 관계죠. 이 무 역시 기운을 끌어 내리는 데 명수라 소화에 탁월합니다. 무는 밀가루 먹고 체한 것에 특효약이며 그 씨는 기침과 가래 제거의 특효로도 꼽힙니다."

"배추와 무는 어디 산입니까?"

두 번째 질문자는 일본 기자였다.

"이 식재료는 강원도의 고랭지에서 왔습니다. 생산자를 소개합니다."

민규가 문을 가리켰다. 거기에서 등장한 사람은 이른 아침에 왔던 그 농부였다.

"어어……"

얼떨결에 들어선 농부, 수많은 기자와 카메라를 보더니 어쩔 줄을 몰랐다. 그 와중에도 샘플로 가져온 배추와 무는 놓치지 않았다. 자신의 몸보다 농산물을 더 귀하게 여기는 농부. 옷조차 작업복 그대로였으니 순도 100%의 농부가 아닐 수 없었다.

펑펑!

만찬요리의 마지막 주인공은 농부였다. 이 또한 이제는 불문율이 된 풍경이었다. 민규는 혼자 뜨지 않았다. 좋은 식재료를 생산하는 사람을 반드시 함께 띄웠다. 그게 민규가 생각하는 요리였다. 요리사는 맛을 내지만 그 시작은 '무조건' 좋은 식재료였으니 사옹대에서는 닥치고 진리에 속했다.

[한―탄자니아 정상 만찬의 꽃 궁중배추무전]
[평범에서 위대함을 이끌어낸 또 한 번의 경이]
[민족 채소 배추와 무의 미각적 승화]

뉴스의 머리를 이룬 타이틀들.

그러나 심층취재에서는 농부가 주인공이 되었다. 그의 밭
이 나오고, 그의 신념이 나오고, 그의 농사법이 나왔다.

[배추무전]
[강원도 농사꾼]
[뚝심의 농부]

민규 이름과 사용대, 그 단어들과 함께 상위를 달린 검색어
였다. 농부에게는 농업인상이 추천되었고, 고가의 판로도 확
보되었다. 그래도 그 농부, 기자들이 돌아가기 무섭게 흙이 덕
지덕지 묻은 검은 장화를 신고 배추밭을 돌며 풀을 뽑았다고
한다. 한국 농부의 우직한 뚝심, 그 순도를 그가 제대로 보여
준 것이다.

다음 날, 민규 타임의 요리 수련 화제는 역시 정상 만찬이
었다. 민규가 예를 든 건 해바라기씨 경단이었다. 디저트로도
좋고 간식으로도 좋았다. 최근 들어 더욱 중시되고 있는 디저

트. 요리 잘 먹고도 디저트가 엉망이면 기분을 망친다. 민규
가 화두를 제공하자 교육생들의 관심도 증폭되었다.

"그렇다면 셰프님, 사람들은 왜 그렇게 디저트에 가치를 두
게 되었을까요?"

나영애가 질문의 시동을 걸었다. 그녀의 에너지는 오늘도
폭주를 참지 못했다.

"그건 소화행과 연결되지 않을까?"

민규의 답이었다.

소화행이 유행이다. 민규는 디저트를 거기에다 연결시켰다.

"디저트는 축하 꽃다발이랄까? 소소한 사치이자 허영 같은
거지. 그 작은 사치에 거는 기대가 큰데 그게 무너지면 분노
가 치밀게 돼. 원래 사람은 작은 일에 더 민감할 수 있거든."

"아."

"우리 셰프들에게도 의미 있는 이야기다. 요리의 처음부터
끝까지 긴장을 풀지 말라는 의미이기도 하고. 그렇기에 나는
디저트의 의미를 메인 후에 가볍게 나오는 요리가 아니라 또
하나의 독립된 장르로 생각하라고 강조했다."

"그렇다면 그 해바라기씨 경단의 실습을 요청합니다."

나영애가 기다렸다는 듯이 말했다. 다른 교육생들도 다르
지 않았다.

"좋아."

"와아!"

민규가 쿨하게 받아들이자 교육생들이 환호를 했다. 민규가 요리를 테이블에 올렸다. 뚜껑을 열자 해바라기씨 경단이 나왔다. 만찬에 쓰인 것과 같았으니 유려한 플레이팅이 '명품'처럼 보였다.

"실습까지 하기로 했으니 해바라기씨 경단 이야기를 좀 더 해볼까? 이 요리는 조선시대의 어느 왕에게 어울릴까?"

"태조와 세조에게 어울립니다."

나영애가 일착으로 답했다. 세조도 속앓이 스트레스가 있지만 태조도 못지않다. 나영애의 돌출은 단순한 잘난 척만은 아니었다.

"약선 효과는?"

"가슴이 답답하고 신경이 안정되지 않을 때 좋습니다."

"좋아. 그럼 오늘 요리 실습은 해바라기씨 경단으로 하자고. 두 분 대통령도 칭찬하신 메뉴이니 잘 익혀두도록."

"예!"

"박신애 씨."

민규가 박신애를 호명했다. 자기 테이블에서 요리 준비를 하던 그녀가 고개를 들었다.

"이 경단은 사실 내 작품이 아니라 박신애 씨 작품이다. 구성에서 세팅까지 전부."

"예?"

교육생들의 눈이 휘둥그레졌다. 경단의 비주얼 때문이었다.

그 색감은 유려함의 끝판왕이었고 세팅 또한 세련미의 극치를 달리고 있었다. 그렇기에 당연히 민규 작품으로 알던 교육생들. 그런데 이게 박신애의 작품이라니?

"사실이다. 나는 이 작품에 손 하나 대지 않았어. 박신애 씨가 밤샘의 산고 끝에 만들어낸 작품이지. 사실 이 정도까지 나올 줄은 나도 예상하지 못했다."

"……."

"뭐 해? 여기서 박수 나와야 하는 거 아니야?"

"와아!"

짝짝!

환호와 함께 박수가 나왔다. 그러면서도 여전히 어리둥절해하는 교육생들. 특히 플레이팅 때문이었다. 과감하게 깐 황금빛 볏짚에 포인트로 들어간 솔잎의 품격. 흰 마를 대지로 삼아 피어난 수련목의 조화가 일품이기 때문이었다.

"자, 오늘의 요리 실기 초빙 강사, 박신애 씨를 모십니다."

민규가 박신애를 가리켰다.

짝짝짝!

그제야 제대로 된 박수가 나왔다. 차분한 박신애, 만면에 홍조를 가득 머금고 요리대로 나왔다. 이 순간만큼은 그녀가 주인공이었다. 그럴 자격도 있었다. 그렇게 한 뼘씩 커나가는 교육생들.

"시작할까요!"

레시피 설명을 마친 박신애가 요리의 개시를 알렸다. 그런 다음 민규를 바라보며 배시시 웃는다. 민규도 함께 웃었다. 요리는 서로에게 배운다. 민규도 그랬다. 그 마음을 박신애도, 다른 교육생들도 알기를 바랐다.

일주일 후, 민규는 반가운 손님들을 맞았다. 뉴욕과 LA, 로마 등지에서 날아온 총괄 셰프와 호텔 경영자들이었다. 이번에 찾아온 사람은 모두 일곱 명. 그들이 온 데는 이유가 있었다.

협력양해각서 MOU.

민규는 뉴욕과 로마, 파리와 상하이 등의 유수한 호텔, 레스토랑과 협력체계를 갖추고 있었다. 교육생을 받으면서 도입한 제도였다. 사용대에서 궁중요리와 약선요리를 배운 교육생들. 그들의 취업은 이렇게 결정이 된다. 여느 요리학교들과 달리 스카우터들이 직접 날아오는 것. 호텔은 유능한 셰프의 확보를 위해 좋았고, 사용대는 민규 요리의 메신저를 띄우는 셈이니 양자 공히 시너지가 되었다.

이 교육생들로 대박을 친 게 카지노가 많은 곳의 호텔과 초특급 호텔들이었다. 중동의 별 다섯 호텔이 그랬고, LA의 호텔들이 그랬다. 그들은 특정요리와 요리사를 내세워 마케팅을 벌인다. 민규의 약선요리는 그 조건에 부합했다. 세계의 명사들은 고전적인 특선요리에 질려 있었다. 뭔가 새로운 요리에 대한 열망이 강한 그들에게 약선요리는 최적의 만족을 가져다주었다. 단지 먹을 때만 힐링이 아니라 몸의 질병까지 잡아주는 약선이기에 환호하는 것이다.

교육생들은 초기부터 약진했다. 민규 정도는 아니지만 소소한 고질병을 잡아낸 것. 민규의 위상에 더해 교육생들의 약진까지 겹치자 3회 교육생부터는 입도선매까지 일어나기 시작했다.

교육생들도 나쁘지 않았다. 최고의 호텔에서 요리 문화를 익히면서 자신의 실력까지 발휘할 수 있는 일. 다른 어느 요리학교에서도 있을 수 없는 일이었다.

이번 기수 교육생은 모두 여덟 명. 박신애가 하오펑에게 요리 유학을 가기로 했으니 남은 건 일곱이었다. 그중 한 사람은 약선요리로 개업을 준비 중. 그러니 여섯 명을 두고 각축하게 된 외국인 스카우터들이었다.

―황금궁중칠향계.

―약선산야초수프.

―약선설야멱적.

―궁중3색양갱.

―궁중3색부각.

오늘 실연할 요리는 다섯 가지였다. 이 다섯은 해외 호텔에서도 인기를 끄는 메뉴. 스카우터들은 손님으로 앉아 요리를 기다렸다.

"시작할까?"

요리대의 민규가 교육생들을 바라보았다.

"예, 셰프님!"

교육생들이 한목소리로 답했다. 다른 날보다도 더 절도 있는 모습들이었다.

"그럼 시작."

민규가 요리의 개시를 알렸다. 오늘은 그 무엇도 관여하지 않는다. 식재료도 그들 마음이고 체질 처방도 그들 마음이다. 교육생들을 돕는답시고 초자연수를 지원하는 일도 고려치 않았다.

실력!

오직 실력 하나로 각자의 길을 가는 것이다.

"기분 어때?"

옆에 있는 박신애에게 물었다. 그녀만은 요리에 참가하지 않고 있었다. 이미 내정된 자리가 있기 때문이었다.

"다들 잘됐으면 좋겠어요."

그녀의 대답은 여전히 겸손했다.

"굉장한 호텔에서도 두 분이 오셨는데… 후회되지 않아? 중국으로 가는 거? 지금이라도 요리에 참가해서 다른 길을 찾아도 되는데……."

"셰프님의 추천이잖아요? 그보다 영광된 자리는 없어요."

박신애가 잘라 말했다. 그녀의 눈빛에는 자부심이 가득했다.

"좋아. 그 마음……."

민규가 그녀의 등을 토닥였다. 여덟 교육생들. 이제 각자의 길을 가야 한다. 성공하고 말고는 신념과 노력이 정할 일. 그래도 민규는 희망했다. 이들 모두가 대성해서 한국 궁중요리와 약선요리의 힘을 만방에 떨쳐주기를. 그리하여 세계의 먹거리를 선도할 수 있는 건강한 셰프의 나라로 기억되기를.

다닥다닥!

자글자글!

보글보글!

맛난 합창 소리가 무르익어 갔다. 이제 긴장하는 건 스카우터들이었다. 그들은 일곱 명. 그러나 두 스카우터는 각 두 명의 교육생을 데려가길 원하고 있었다. 그러니 실제 경쟁률은 9 대 6. 일부는 교육생을 데려가지 못할 수도 있는 것이다.

'다음 기수는 한두 명 정도 줄여야겠어.'

완성되어 가는 요리를 보며 민규 혼자 생각했다. 잘나갈 때 조심해야 한다. 그래야 경쟁력을 유지할 수 있었다. 마음 같아서는 한 기수당 100명이라도 받고 싶은 민규. 그러나 큰 그림을 보면 오히려 줄이는 게 좋았다. 민규의 신념이었다.

6. 사기충천 약선요리

"요리 나왔습니다."

"저도요."

"제 요리도 나왔어요."

교육생들이 앞다투어 요리를 내놓았다. 마침내 수련을 마치는 날, 그들이 내놓은 건 감사의 요리였다. 딱 한 입 크기의 요리. 민규의 옵션이었다.

처음에는 선물이 들어왔다. 멋모르고 받아두었다. 그게 경쟁이 되었다. 교육생들 중에는 가정 형편이 부유한 사람도 있었으니 교육생 신분에 어울리지 않는 고가의 상품이 들어오기도 했다.

그때부터 선물을 대놓고 받았다. 바로 이 방식이었다.

―들미순초밥 한 개.

―북탈이콩떡 한 개.

―연잎쌈.

―토마토밥 한 그릇.

―마름전.

교육생들의 요리는 호화롭지 않았다. 재희와 차만술까지 앉아서 함께 즐겼다. 그래 봤자 각 요리를 세 개씩만 만들면 되었다.

"흐음… 이번 기수들 요리, 기막힌……?"

콩떡을 즐기고 연잎쌈을 입에 물던 차만술, 구규출혈에 버금가는 사고에 직면했으니 아홉 구멍으로 알코올 향이 터진 것. 무려 80도짜리 중국술에 재웠던 매실 살을 씹었으니 뇌수를 쪼는 짜릿함이었다.

"하핫, 교수님께 보답을 이런 식으로……?"

여유를 부리던 민규도 오만상을 찌푸렸다. 민규의 폭탄은 들미순초밥이었다. 밥 가운데를 파서 고추냉이 원액을 채워 놓은 것. 민규 역시 구규출혈 이상 가는 부작용에 몸을 떨었다.

"겁나서 못 먹겠네."

군기 반장 재희는 조심스러워졌다. 그렇다고 안 먹을 수도 없으니 재희의 선택은 토마토밥이었다.

"……!"

재희 역시 예외는 아니었다. 초밥과 연잎쌈은 무사통과였지만 토마토밥 안에 산돼지 쓸개 조각이 있었다.

"우엡!"

소리가 나지만 뱉지는 못했다. 악의적인 게 아니라 작별의 아쉬움을 담은 마음이기 때문이었다.

"셰프님, 여기 물이요."

나영애가 사과의 물을 건네주었다.

"엡!"

그 물이 또 함정이었다. 이번에는 식초를 잔뜩 뿌렸던 것.

"쓸개는 피를 맑게 하고 식초는 감기를 예방하고 비만을 방지한다죠? 셰프님이 요즘 살짝 살집이 오르는 것 같아서 약선으로 마련했어요."

나영애와 교육생들이 합창을 했다. 이미 한편이 된 교육생들. 알면서도 그들의 추억이 되어주는 세 사람이었다.

수료 공식 기념식은 배구장에서 하기로 했다. 오늘은 문정아의 경기가 있는 날이었다. 팀의 주전으로 우뚝 솟은 그녀. 마침내 팀을 챔피언 결정전까지 올려놓았다. 그러나 거기까지. 강력한 우승 후보로 평가받던 보험 팀과 3차전, 그것도 세 게임 모두 풀세트 접전을 벌이고 올라온 까닭에 체력 소모가 너무 컸다.

5전 3승의 챔프 결정전에서 내리 두 판을 내줬다. 패배도

뼈아프지만 내용이 더 심각했다. 두 게임 모두 3 대 0 셧아웃을 당한 것.

이제 오늘 지면 끝장이 나는 날, 고심하는 감독에게 문정아가 제의를 했다.

'사용대의 정기신혈 회복식.'

벼랑에 몰린 감독이 제의를 받아들였다. 문정아였기에 번개 예약이 가능했던 것.

교육생들과는 체육관에서 만나기로 하고 수료식을 마쳤다.

문정아의 팀이 오기 전, 중국 사업가의 요리를 준비했다. 그는 중국에서 예약을 해왔다. 회사 이름이 재미나 예약을 받아주었다. 상호가 무지막지하게 길었다.

寶鷄有一群懷着著夢想的少年相信在牛大叔的帶領下會創造生命的奇迹網絡科技生命有限公司.

한글로 하면 바오지여우이췬화이져주멍샹더샤오녠샹신짜이뉴따슈더따이링샤후이촹자오성밍더치지왕뤄커지여우셴공스로 무려 41자나 된다. 길이도 그렇지만 뜻이 인상적이었다. 바오지의 청년들이 니우 아저씨의 리드하에 생명을 창조하는 기적의 IT 생명회사. 머리 나쁜 사람은 외울 수 없겠지만 홍보에는 '탁월한(?)' 작명이었다.

"셰프님 위명은 많이 들었습니다. 듣자 하니 모든 질병을 다 스린다는데, 저도 되겠습니까?"

동네 아저씨처럼 생긴 사장님, 우묵한 눈으로 민규를 바라보았다.

"가능하지요."

민규가 답했다.

"내가 여기저기 안 아픈 데가 없는데 절반만이라도 낫게 해 주시면 100만 위안을 드리겠소."

"다 나으면 얼마를 주시겠습니까?"

민규가 슬쩍 장단을 맞춰주었다.

"그렇다면 50만 위안을 드리겠습니다."

재미난 답이 나왔다.

"어째서 두 배가 아니고 반으로 줄어드나요?"

"반이 나으면 질병을 낫게 해준 고마움을 날마다 생각할 수 있으니 100만 위안도 아깝지 않지만 다 나으면 고마움을 잊어버릴 게 아니오? 그럼 50만 위안도 아까울 거라오."

그가 투박하게 웃었다. 그 미소에 쑨차오의 얼굴이 묻어 나왔다. 나중에 알았지만 이 사람은 쑨차오의 친척 사업가였다. 쑨차오의 극찬을 듣고만 있다가 한국과 합작 사업차 나오면서 예약을 했던 것. 그럼에도 쑨차오 이름을 팔아먹지 않은 게 또 마음에 들었다.

"그렇다면 다 낫게 해드리고 10만 위안만 받겠습니다."

"왜 그렇습니까?"

"사람의 몸이란 날마다 다른 것이니 절반만 낫게 하면 때로는 절반 이상 아프고 또 때로는 절반 이하로 아픕니다. 그렇게 되면 절반 이상 아플 때마다 원망을 할 게 아닙니까? 하지만 10만 위안을 받고 다 낫게 하면 50만 위안보다 싸니 아까운 생각은 들지 않을 겁니다."

"그렇게 되면 값싼 식재료를 쓰는 거 아닙니까?"

그가 웃으며 물었다.

"약은 약재 가격의 고저가 중요한 게 아닙니다. 한국말에 개똥도 약이 된다고 했으니 사장님의 경우에는 두충나무의 껍질과 생강이면 족합니다."

"고작 그걸로 된단 말이오?"

"마음에 들지 않으면 그냥 돌아가서도 됩니다."

"좋소이다. 내 셰프님을 한번 믿어보리다."

사업가가 쿨하게 응했다.

이름이 긴 사업체를 가진 중국 사업가.

사실 이름만큼이나 소소한 질병이 많았다. 우선 손발이 차고 허리와 등이 약했다. 힘줄과 뼈가 약하니 고환에도 나쁜 땀이 가득했다. 돈이 많음에도 잔병을 달고 사는 건 이유가 있었다. 고질이기 때문이었다.

─두충나무 껍질, 생강, 천리수.

민규가 추가한 건 土형 체질에 맞춘 연근뿐이었다. 생강은 명약이다. 손발이 차가워지는 데는 이만한 게 드물다. 두충나무 껍질 또한 만병통치에 버금간다. 꿀이나 생강즙을 발라 구워 쓰면 허리와 등, 힘줄과 뼈를 튼튼하게 한다. 고환에 땀이 차는 것 또한 문제가 없었다. 마침 생강을 써야 하니 꿀도 필요가 없었다. 다만 워낙 고질이라 양은 좀 많이 필요했다. 혼탁이 만만치 않은 것이다.

—약선두충연근전.

요리는 간단했다. 속이 제대로 빈 대물 연근을 골라 구워서 갈아낸 두충나무껍질가루 반죽을 채워 넣었다. 그렇게 구워낸 게 세 접시 한가득이었다. 연근잎을 깔고 연근꽃 조각을 올린 후에 졸여낸 생강청을 올렸다. 보기 드물게 푸짐한 접시였다.

"오, 연근이 내 스타일이군요?"

요리를 받은 사업가가 반색을 했다. 그는 스케일을 중시했으니 회사 이름에서도 잘 드러나고 있었다. 체질상 대식가라 먹는 것도 순식간이었다.

"허어!"

식사를 마치고 손을 바라보았다. 말단이 차가워 신경이 쓰이던 손. 온기가 제대로 돌고 있었다. 허리의 부담도 사라지고 고환도 뽀송한 느낌이 들었다.

"옜소."

그의 계산은 100만 위안이었다.

"10만 위안이라고 말씀드렸을 텐데요?"

민규가 웃었다.

"아니죠. 그렇게 되면 신세가 되어 다시는 여기 오지 못할 겁니다. 하지만 100만 위안을 주면 떳떳해지니 다음에 또 올

수가 있지요."

사업가는 너털웃음을 흘리며 돌아갔다.

그 뒤로 문정아의 배구단 버스가 들어왔다.

"셰프님."

키가 껑충한 그녀가 아이처럼 뛰어내렸다.

"쩡아 언냐."

재희도 그녀를 반겼다. 감독과 선수들이 내렸다. 파죽지세의 플레이오프 때와는 달리 후줄근 사기가 내려앉은 모습이었다.

"부탁합니다."

감독의 인사와 함께 요리에 착수했다.

―약선황률죽.

―궁중오골계탕.

―궁중잉어찜.

―당귀잎부각.

―약선계혈등차.

―약선오미자양갱.

요리는 요란하지 않았다. 메인은 오골계와 잉어. 오골계는 음허로 인한 기혈 보강에 좋았고, 잉어는 기허로 인한 기혈 보강에 좋았다.

선수단이 크게 두 부류의 체질이었기에 갈래를 그렇게 잡았다. 황률은 기운을 더하고 허리를 강하게 하는 보신강근의 약선 재료. 당귀도 기혈 보강에 으뜸이니 부각에 쓰는 찹쌀풀에 무씨와 두충나무껍질가루를 섞어 효능을 높였다.

가장 중시한 것은 플레이팅이었다. 여자 배구선수들, 굉장히 섬세하다. 분위기 타면 강팀도 잡아내는 기염을 토하지만 한풀 꺾이면 약팀에게 게임을 내주는 경우도 있었다. 그런 성향에 맞춰 기분을 풀어주었다.

당신은 소중한 사람.

당신의 피와 용기가 되어줄게요.

요리의 비주얼이 들려주는 속삭임이었다.

"오늘은 꼭 이길게요."

문정아가 맹세를 두고 돌아갔다.

오후 7시, 챔피언 결정 3차전이 시작되었다. 체육관은 만원이었다. 조명이 꺼지고 선수들이 입장했다. 문정아의 포장공사 선수들이었다. 2승을 올리고 사기충천한 은행 팀도 나왔다. 얼굴에서 엿보이는 자신감부터 달랐다. 그러나 3차전은 포장공사의 홈. 포장공사의 팬들은 극적인 역전을 기대하며 봄 배구를 즐겼다.

"어, 이 셰프님이다."

후보선수 하나가 민규를 알아보았다. 일찌감치 관중석을 차지한 민규. 재희, 교육생 등과 함께였다. 종규 역시 오고 싶어 했지만 공항 분점은 쉬는 날이 아니었다.

"이 셰프님."

문정아가 손을 흔들었다.

"언니, 퐈위팅!"

재희가 악을 썼다.

"재희야!"

문정아가 깡충깡충 뛰었다. 그 뒤의 선수들도 민규에게 손을 흔들어주었다.

"꼭 이겨요."

민규가 외쳤다. 민규의 특선 약선요리를 먹어서가 아니었다. 포장공사는 최근 몇 년 내리막이었다. 문정아가 분전하지만 외국인 농사가 신통치 않았다.

게다가 붙박이 센터로 활약하던 자칭 '이모' 센터도 고령으로 은퇴를 했다. 덕분에 3년 전 시즌에는 꼴찌를 마크했다.

그다음에는 3위까지 올라갔지만 5위로 추락했다. 와신상담 끝에 올라간 챔프전이기에 그들의 각오는 남달랐다.

그러나 보험 팀이 문제였다. 거기서 진을 빼면서 완전하게 탈진이 된 것. 덕분에 챔프 결정전에서 2패를 당하며 기선을 제압당했으니 누가 봐도 역전은 강 건너의 일이었다.

"문정아!"

선수 소개가 시작되었다. 문정아가 나오자 환호성이 일었다. 토종 공격수로 급성장해 누구에게도 밀리지 않는 공격 성공률을 기록한 시즌. 그러나 리시브가 흔들리며 좋은 공이 오지 않는 데에야 문정아도 별수가 없었다.

"이길까요?"

재희가 민규에게 물었다.

"글쎄……."

민규는 빙긋 웃을 뿐이다. 약선요리는 최선을 다했지만 스포츠에는 분위기라는 게 있었다. 게다가 여자 배구는 섬세함까지 더해지니 지켜볼 뿐이었다.

삐익!

주심의 호각 소리로 경기가 개시되었다.

"아!"

첫 서브부터 탄식이 나왔다. 강한 서브였지만 네트를 후려치고 떨어진 것. 이어지는 은행의 서브는 리베로와 후위의 레프트가 서로 미루다 서브포인트를 내주었다.

"침착해, 괜찮아."

문정아가 팀원들을 독려했다. 하지만 그것도 잠시, 후위 레프트가 걸어 올린 공이 네트 쪽에 붙으면서 세터가 겨우 네트를 넘겼다. 기다렸다는 듯이 은행 팀 센터가 후려치니 꼼짝도 못 하고 3점째 헌납하는 포장공사였다.

2세트까지 그랬다.

25-14로 첫 세트를 내주고 2세트는 25-22.

그나마 끈질기게 따라붙지만 20점대 이후로 리시브가 흔들리면서 벼랑으로 몰리는 포장공사 팀이었다.

"아, 씨… 조졌네."

"그러게. 한 세트를 못 따냐?"

포장공사 팬들이 술렁거렸다. 일부 열받은 팬들은 직관을 포기하고 나가는 사람도 있었다. 민규네도 숨을 죽였다. 그때 재희가 벌떡 일어섰다.

"셰프님도 일어서세요."

"응?"

"응원하자고요. 질 때 지더라도!"

재희 눈에 독기가 서렸다.

"문정아, 문정아!"

재희가 악을 썼다. 교육생들과 민규도 그 뒤를 따랐다. 그러나 게임은 여전히 은행 팀의 페이스였다. 센터의 넷터치 범실까지 나오며 13-6. 더블스코어 이상이니 분위기상 따라잡기 힘들 것 같았다. 하지만 포장공사에는 문정아가 있었다. 외국 용병의 강스파이크를 블로킹으로 잡아낸 문정아가 서브를 넣을 준비를 했다. 그 시선에 응원하는 재희와 민규가 들어왔다.

'셰프님······.'

그녀 눈에 눈물이 핑글 돌았다. 두 번의 FA를 거쳤다. 두 번 다 대박이었다. 그리고 마침내 연봉 4억의 연봉 퀸에 등극한 문정아. 그러나, 민규에 비하면 깜냥도 되지 않았다. 민규는 세계의 먹거리를 좌지우지하는 큰 별이었다. 그런 민규가 팀을 위해 특별 약선을 해주었다. 직접 경기장에 나와서 응원까지 하고 있었다.

"가자!"

문정아가 기합 소리를 냈다. 그 소리가 너무 커 코트 안의 동료들이 깜짝 놀랐다. 그게 기적의 시작이었다. 문정아, 무려 세 번의 서브에이스를 기록했다. 원래도 서브 강자로 통하던 그녀. 구석을 찌르는 서브가 꽂혔고, 외국인 용병에게 목적타로 날린 서브도 먹혔다.

"와아아!"

처음에는 머쓱하던 동료들. 세 번째 서브까지 성공하자 서로 얼싸안고 깡충깡충 뛰었다. 죽었던 포장공사의 사기가 살아나는 순간이었다.

분위기는 순식간에 바뀌었다. 문정아의 스파이크는 무려 63%의 성공률을 자랑하며 상대 블로커를 흔들었고 팀원들도 상대의 공격을 제대로 막아냈다. 리베로는 몸을 날리며 디그를 만들고 세터는 조금 나쁜 공도 기어이 올려주었다.

팡!

문정아의 스파이크가 시원하게 은행 팀 코트를 가르자 해설자 목소리가 미친 듯이 높아졌다.

"아, 길고 긴 듀스 끝에 포장공사가 4세트까지 가져갑니다. 끝난 줄 알았던 포장공사의 기세가 무섭습니다."

마지막 5세트.

문정아의 타임이었다. 코트를 체인지 하는 8점까지 문정아의 득점이 6점이었다. 그녀는 지칠 줄 모르고 솟구쳤고 세터 역시 그녀를 믿었다. 몰빵, 외국인이 아니라 문정아에게의 몰빵 토스였다.

"B 속공으로 14점째를 올리는 포장공사. 모두의 예상을 깨고 매치포인트를 만듭니다."

중계석 목소리가 계속 높아졌다. 14-11. 수세에 몰린 은행 팀에서 넷터치에 대한 비디오판독을 요청했다. 작전타임은 다 썼기에 포장공사의 기세를 잠시 눌러보려는 생각이었다. 판독은 노터치로 나왔다.

"와아!"

코트 안의 포장공사 선수들과 팬들이 한마음으로 환호했다.

마지막 한 점. 오늘로 챔프전을 끝내려는 은행 팀의 필사적인 저지로 두 점이 좁혀졌다. 14-13.

은행 팀의 강스파이크를 세터가 몸을 날려 건져 올렸다. 그걸 올려준 건 리베로였다. 두 팔을 모아 문정아를 향한 공. 장신 센터와 외국인 용병이 그물망처럼 펼치는 블로킹을 보며 문정아가 솟구쳤다. 장신 블로커들을 훌쩍 내려다보는 높이였다.

팡!

7. 떡 명인 차미람

펑!

작렬하는 소리도 통쾌하다.

펑펑!

그치지도 않는다. 박자에 맞춰 내리꽂히는 건 떡메였다. 그걸 치는 건 차미람과 명기훈. 초대를 받은 민규는 선 채로 벽에 기대 떡메로 치는 광경을 보고 있었다.

펑!

소리를 들으니 문정아 생각이 났다. 그날 3차전. 포장공사는 극적인 역전승을 거두었다. 오늘의 수훈 선수로 뽑힌 문정아, 인터뷰 뒤에 민규에게 달려왔다.

"셰프님."

"축하해."

민규가 손을 내밀자 펑, 또 한 번의 하이 파이브 스파이크가 작렬했다. 그 힘은 5차전까지 이어졌다. 4차전은 3—1로 잡았지만 최종전은 포장공사의 페이스였다. 문정아는 외국 용병보다 많은 42점을 뽑아냈다. 서브에이스가 여섯 개였고 블로킹도 네 개나 잡았다. 문정아는 결국 대회 MVP에 뽑혔다.

그날 민규는 직관을 하지 못했다. 예약 때문이었다. 국무총리가 노동자 둘을 데려왔다. 몇 달간의 굴뚝 농성을 마치고 내려온 근로자들이었다. 극과 극을 달리던 노사의 충돌. 총리가 나서 해결을 보았다. 70이라는 노구의 몸을 이끌고 고공 굴뚝에 오른 것이다. 강성 노조로 소문난 회사였지만 그 앞에서는 마음을 열 수밖에 없었다. 회사 역시 부담 가득이었다. 총리가 그런 성의를 보이는데 고집만 부렸다가는 여론의 후폭풍을 감당할 자신이 없었다.

그런 사람들이 온다니 직관을 포기할 수밖에 없었다. 표는 그날 쉬는 종업원에게 선물로 주었다.

"셰프님, MVP 받았어요."

시합 후, 문정아가 두 번째로 결과를 알린 게 민규였다. 첫번째는 당연히 부모님이었다. 민규는 마음을 다해 축하를 건넸다. 또다시 FA를 맞게 되는 문정아. 대박을 예약한 것과 다름이 없었다.

팡!

떡메 소리와 함께 그날의 감격은 살며시 사라졌다.

팡팡!

거듭되는 떡메질에 차미람의 이마에 땀이 흐른다. 남자인 명기훈도 힘든 일. 그럼에도 불구하고 떡메질을 마다하지 않는 차미람이었다.

둘의 어깨에 걸린 낡은 떡메.

실은 민규가 선물한 것이었다. 그러니까 황삼분 할머니가 낙향하고 얼마 후였다. 민규는 산야초를 공급해 준 산골 마을에 새집과 함께 보은의 마을 쉼터를 마련해 주었다. 그림자처럼 기여한 종규와 재희에게 강남 최고의 아파트를 한 채씩 선물한 그달이었다.

땅은 할머니 동생의 친구가 내주었고 건물만 올렸다. 대신 태양열 발전기에 따끈한 공동욕실, 안마기 등을 최고 사양으로 들여놓아 주었다. 할머니들은 대한 독립 만세를 외친 날 이후에 가장 기쁜 날이라며 민규 만세를 외쳤다. 그 보답으로 할머니들이 또 선물을 내놓았다. 한 할머니는 100년 넘은 요강을 내놓아 웃음바다를 만들었고, 또 한 할머니는 80년쯤 된 책을 내놓기도 했다. 그때 노권 치료를 받았던 춘순 할머니가 내놓은 게 두 개의 떡메였다.

할머니의 아버지, 원래는 풍기읍 장터에서 소문난 떡장수를 했다고 한다. 떡메로 쳐서 만드는 찰떡의 명인이었다. 평생 찰떡 하나만을 만든 쇠고집이었으니 할머니도 그 떡을 먹으며 자랐다.

"요즘 떡하고는 질이 다르지."

할머니의 긍지였다. 할머니의 부친은 팔꿈치 통증으로 떡장사를 접었다. 평생 떡메를 치며 생긴 직업병이었다. 가업 승계를 위해 할머니를 시켜보지만 성에 차지 않았다. 할머니 역시 마음은 있는데 팔 힘이 부친만 하지 못했다. 부친은 아쉬움 속에 눈을 감았다. 일손을 놓은 후에 상실감을 달래며 마시던 술이 간경화를 부른 것이다.

"이걸 결국 버려야 하는구나?"

운명 직전, 부친은 자신이 직접 깎아 만든 떡메를 보며 회한을 삼켰다. 그 후 산골로 돌아온 할머니. 부친은 갔어도 떡메는 버리지 않았다. 그렇게 보관하던 차에 민규의 고마움을 생각하다 혹시나 하고 꺼내 온 것이었다.

"......!"

명품은 오래 묵을수록 빛나고 하품은 당장 보기에만 좋은 법. 민규는 떡메의 위엄을 알아보았다. 약선요리에 쓰지는 못한다고 해도 가게에 전시하는 것만으로도 훌륭한 유산이 될 것 같았다. 그러다가 차미람 사단이 생각났다. 민규의 도움으로 마침내 인천공항에 분점을 내게 된 젊은 떡 개척자들. 그들이라면 할머니의 꿈을 이어갈 수도 있겠다는 생각이 들었다.

"저희가 갖고 싶습니다."

차미람도 욕심을 냈다.

민규가 관련된 의미도 있지만 무엇보다 '전통 연출'에 딱 어울리는 아이템이라고 생각했던 것. 일주에 한 번 퍼포먼스 형식으로 떡메 치는 광경을 연출하던 그들. 인천공항에 입주하면 아예 상설 떡메질을 하려고 계획했던 것. 그러니 고풍스러운 옛날 떡메는 천금을 주고도 살 수 없는 아이템이 분명했다.

쉬는 날, 민규가 차미람 사단을 이끌고 춘순 할머니를 찾았다. 밤이 깊을 때까지 찰떡을 쳤다. 할머니는 늙었지만 부친의 떡메질 스킬을 기억하고 있었다. 그녀 자신은 할 수 없지만 눈썰미가 남아 있었던 것.

"아녀, 아녀, 그렇게 치면 찰기가 떨어져."

"아니, 그러면 쫄깃한 맛이 없어진다니까."

"그렇지. 그렇게 쳐야 밥알이 중간중간 살아 있는 거야."

"그려, 그려. 인자 떡이 숨을 쉬네. 그냥 패대기치듯 힘으로 밀어붙이면 떡이 아니라 쌀 반죽을 뭉갠 덩어리지."

몇 마디 말이 차미람 사단의 피가 되고 살이 되었다. 이미 떡의 달인에 가까웠던 차미람. 할머니의 격조 높은 조언 한마디에 훌쩍 자라게 되었다. 그게 두 달 전이었다.

팡!

마지막 떡메질이 끝나고 찰떡이 나왔다. 떡메질을 했으니 찰떡에 쓰는 고물도 일체 맷돌로 갈아냈다. 기계를 쓰면 모양과 형태가 일정하지만 숨은 맛을 살리지 못했던 차미람. 몇 년의 탐구 끝에 궁중 떡 숙수 '병공'에 어울리는 내공을 쌓았다. 정통 궁중 떡에 기본을 두고 차별화된 떡 세계를 구현한 것이다.

그 길을 가는 동안 외도도 했다. 시루떡과 케이크를 접목한 상품도 냈고 마카롱과 마들렌 모양을 응용하기도 했다. 여러 떡에 초콜릿을 입히고 생크림을 입히고… 그 모든 상품들이 호평을 받았지만 결국은 궁중 떡의 세계로 돌아왔다. 역사에 대한 이해력이 높아지니 레시피가 없는 고서적의 떡까지 재현할 능력이 생긴 것이다.

이후로는 오직 궁중식 떡으로 승승장구를 했다. 그녀가 만든 황률다식과 흑임자다식, 청태다식은 뉴욕과 파리까지 진출했다. 그 뒤를 이어 어린 쑥잎으로 만든 쑥황률떡은 센세이션을 일으킬 정도였다.

대한민국 최고의 병공.

이제는 누구나 차미람 사단을 꼽았으니, 수많은 해외의 요리 매체를 장식했고 상하이와 오사카, 방콕 등지의 오성 호텔 초대전까지 받았던 터였다.

공항 입주 후에도 새로운 이벤트를 꿈꾸고 있다. 날마다 새 떡이 나오는 시간에 병공 차림으로 공항 행진을 한다.

찹쌀—떡!

그 외침이 사라진 지 오래였다. 그러나 그렇게 가련한 이벤트가 아니라 품격의 이벤트. 거기서 시식도 시켜주고 판매도

하면서 붐을 일으킬 생각이었다.

"선배님, 신제품 시식 부탁드립니다."

그런 차미람이 청태를 묻혀낸 찰떡을 내밀었다. 그냥 묻혀낸 게 아니라 리본 형태로 잡았다. 청태 고물까지 묻히니 떡이 아니라 케이크처럼 보였다.

"······?"

그런데 맛도 그쪽이었다. 밥알의 푸근함이 살아 있으면서도 목 넘김은 카스텔라보다 부드러웠다. 차미람, 또 몇 날을 밤을 새워 새로운 기법을 만든 모양이었다.

"어때요?"

"죽이는데?"

"정말요?"

차미람이 환하게 웃었다. 다른 누구보다 민규의 평에 귀를 기울이는 그녀였다.

"이번 주말인가? 인천공항 오픈?"

"네."

"나도 초대할 거야?"

"당연하죠. 바쁘셔도 꼭 와주세요."

"실내장식은 끝냈고?"

"네, 떡메 자리하고 맷돌 돌리는 자리를 쇼윈도에 설치하느라 공간 배치에 애 좀 먹었어요."

"대단해."

"선배님에 비하면 아직도 조족지혈이에요."

"조족도 조족 나름이지. 동타오 같은 닭은 용의 발을 가지고 있거든?"

"흐음, 그럼 저희도 용 된 거네요?"

"그럼."

"다 선배님 덕분이에요."

"아니, 내 몫은 그저 길을 가리켜 준 것밖에. 그 길을 열심히 달린 건 미람이하고 친구들이야."

"저희들, 저 떡메 자루가 닳고 닳아 쓰지 못할 때까지 미치도록 달려볼게요."

차미람이 다짐을 했다. 맑은 미소에서 청아한 청태 고물 향이 났다.

"재희."

"준비 끝났어요."

민규가 부르자 재희가 화답했다. 아침 죽 손님의 마감이었다.

"차로 와."

"네. 금방 갈게요."

대답이 나오기도 전에 민규가 숙수복을 챙겼다. 밖으로 나오기 전에 벽의 그림을 보았다. 천명화의 작품이다. 그런데 그 옆에는 또 다른 그림이 있었다. 그림은 독특했다. 글자를 그린 듯한 공간에 정밀화와 문인화를 겹친 작품이었다.

'리샤오페이……'

화가 이름을 생각하며 출발했다. 시간이 촉박했다.

디로롱다롱!

하필이면 전화도 온다. 종규였다.

"출발했어?"

종규가 물었다.

"지금 간다."

"알았어."

통화하는 사이에 재희가 나왔다.

"다녀오세요."

종업원들의 인사를 받으며 차에 올랐다.

"미람이 언니 너무 좋겠어요."

조수석의 재희도 들떠 있다. 종규도 그렇지만 미람이와 재
희는 각별하다. 그렇기에 자기 일처럼 좋아하는 재희였다.

"개업 이벤트, 아직 미공개야?"

"네, 셰프님도 몰라요?"

"그러게. 보안 한번 제대론데?"

"전 셰프님에게는 말씀드린 줄 알았어요. 공항 이벤트 허락
도 셰프님이 받아준 거잖아요?"

"나야 공간 허락만 받았지."

민규가 웃었다.

인천공항의 다정다과 분점. 입점 자체도 쉽지는 않았다. 쓸만한 장소는 면세점들이 눈독을 들였고 외진 곳은 경쟁력이 없었다. 별수 없이 민규가 나섰다. 입점은 해결되었지만 개업 이벤트는 허락이 나지 않았다. 작은 가게 하나 들어올 때마다 와자지껄한 이벤트를 하면 보안상 곤란하다는 게 공항 공사의 입장이었다.

그러나 떡이다. 그것도 민족의 전통이 깃든 궁중떡. 그 당위성을 앞세워 몇 군데 부처에 측면 지원을 요청했다. 다행히 허락이 났다. 몇 가지 옵션이 붙었다. 가게 앞 1미터까지만, 확성기는 금지였다.

"고맙습니다."

차미람은 앞뒤 가리지 않고 인사부터 해왔다. 어쩔 생각이야? 하고 물으니, 잘 궁리해서 선배님 실망시키지 않을게요, 할 뿐이었다.

그렇기에 민규도 궁금했다. 다정다과의 첫 개업은 민규가 도왔다. 그게 결정적이었다. 그때 도와준 남예슬과 엔딩퀸. 그들이 아니었다면 다정다과가 자리를 잡는 데는 시간이 걸렸을 것이다. 지금은 그때보다도 연예계 인맥이 더 많은 민규. 그러나 차미람도 민규 덕분에 연예계에 어느 정도 인맥을 가지고 있었다.

'미람이 머리에 그냥 떡메나 치는 건 아니겠지?'

느긋하게 생각하며 속도를 높였다. 다른 반가운 일도 있었다. 하나는 리샤오페이였고, 또 하나는 캄보디아의 피아비였다.

리샤오페이는 분점의 예약 손님이다. 시간이 맞으니 민규가 직접 치르기로 했다.

피아비는 오늘 입국한다. 이틀 전에 연락을 주고받았다. 분점 예약을 끝내고 오는 길에 차에 태우면 될 것 같았다.

"안녕하세요?"

출입증을 통해 면세 구역에 들어섰다. 재희도 마찬가지였다. 여의도를 지나면서 살짝 밀리는 바람에 시간은 빡빡했다.

"시작했나 본데요?"

재희가 말했다. 차미람의 가게 앞에 몰려든 인파 때문이었다. 굉장히 많았다. 차미람과 친구들이 질서를 유지하며 샘플 떡을 나눠 주는 모습이 보였다.

"선배님."

차미람이 민규를 먼저 발견했다.

"뭐야? 사람이 왜 이렇게 많아?"

민규가 물었다.

"이벤트 대박이에요. 그렇죠?"

차미람이 가게를 가리켰다. 가게는 청사초롱 홍사초롱으로 장식되었다. 첫 개업 때와 크게 다르지 않았다. 하지만 비장의 무기가 있었으니 최근 유튜브와 방송을 뜨겁게 달구고 있는 국악 소녀 장선화가 있었다. 그녀는 기하를 살린 개량한복을 입고 시원한 창(唱)의 샤우팅을 쏟아냈다. 머리에는 고깔모자, 가슴에는 치렁치렁한 옷고름… 손에는 태극선 부채를 들고 버선에 꽃고무신을 신었으니 관광객들을 사로잡기에는 최상의 아이디어였다.

그 양옆으로 소나무 절구에서 떡메를 친다. 그냥 폼으로 치는 게 아니라 제대로다. 창 한 곡이 끝나면 막간에 외국인들의 손을 끌어 시연에 참가시킨다. 그렇게 나온 떡은 떡메를 친 외국인뿐만 아니라 몰려든 사람들에게 하나씩 입에 물려 준다.

"원더풀!"

"소 딜리셔스!"

외국인들이 자지러진다. 동시에 동영상이 쉴 새 없이 돌아간다. 그들에게는 한국 문화의 진수를 맛보는 순간이 아닐 수 없었다. 차미람과 명기훈의 역할은 그들에게 샘플 떡 선물을 주는 것. 오늘 하루 분량으로 5,000인분을 마련했단다. 차미람의 배포도 이제는 콩알이 아니었다. 어엿한 대한민국 대표 떡의 장인 병공인 것이다.

"여러분, 이민규 셰프님이 오셨어요."

차미람이 민규를 소개했다.

"옆에는 한국 궁중요리의 신성 강재희 셰프님이세요."

재희도 빼놓지 않았다.

"우와, 진짜 이민규 셰프야."

"와우, 민규 리 셰프……."

외국인들은 또 한 번 자지러졌다. 구경꾼들의 관심이 너무 쏠리기에 손을 씻고 옷을 빌려 입은 후에 떡메를 잡았다. 남의 개업식에서 혼자 튀는 건 곤란했다.

철썩!

털썩!

차미람과 박자를 맞춰 떡메를 쳤다.

"선배님."

"왜?"

"고마워요."

그녀가 웃었다.

"난 또."

"진짜예요. 선배님은 제 자랑이자 영원한 스승님이세요. 선배님 같은 분을 만난 게 얼마나 행복한지 몰라요."

"침 튄다. 떡이나 치자."

괜한 말로 입을 막았다. 많은 사람 앞에서 눈시울을 붉히면 곤란하기 때문이었다. 가게에는 수백 개의 작은 화환과 화분이 도착해 있었다. 민규 것도 보였다. 그 하나에 민규의 시선이 닿았다.

[OO은행 부행장 방경환]

그 화분이 민규 것과 나란히 있었다. 가장 잘 보이는 자리. 화분 중에는 대통령 영부인의 것도, 장관과 대기업의 것, 유명 연예인들의 것도 있었다. 그럼에도 민규와 방경환을 우선한 차미람. 민규 것은 몰라도 방경환을 우대하는 게 마음에 들었다. 이렇게 컸지만 방경환의 은혜를 잊지 않는 것이다.

"차 대표."

"네?"

"고마워."

"뭐가요?"

"방 부행장님 화분을 소중히 대해줘서."

"당연한 거 아니에요? 저희 가능성을 사준 분이잖아요. 그렇잖아도 오늘 오신다고 했는데……."

"오늘?"

"홍콩의 캐피탈 그룹에 볼일이 있어서 출국하신다고 했어요. 그래서 좀 일찍 나와서 들르신다고. 어머, 저기 오셨네요?"

차미람이 고개를 든 곳, 거기 방경환이 보였다. 그가 손을 들어 보였다.

"모셔 와."

"알았어요. 약수 대접은 선배님이 좀 수고해 주세요."

"약수는 일하시는 거 봐서."

민규가 웃었다.

"일요?"

차미람이 고개를 갸웃거린다. 그녀는 곧 민규가 한 말의 의미를 알게 되었다.

8. 명품요리와 만난 명화

철퍽!

찰퍽!

민규와 방경환 부행장. 제법 손발이 맞았다. 차미람에게는 뜻깊은 사람. 그렇기에 떡메질에 참가시킨 민규였다. 방경환도 떡메질이 처음은 아닌 것 같았다.

"옛날에 선친께서 건강하실 때 조부님에게 배웠습니다. 박자에 맞춰 내려치고, 떡메에 묻으면 문질러 떼어내는 것까지."

"유경험자셨군요?"

"그러는 셰프님은 언제 떡메질까지?"

"이게 결국 숙수의 일 아니겠습니까? 옛날 숙수들, 분야에 따라 전문가가 있지만 한 사람이 여러 분야를 망라하는 경우도 많았습니다."

민규가 웃었다. 요리서에는 나오지 않는 비사들. 그러나 권필의 기억이 있어 알고 있는 민규였다. 왕도 사람이다. 권필의 요리가 마음에 들면 슬쩍 물어본다.

"병(餠)도 네가 만들어보면 어떻겠느냐?"

왕의 명령은 지엄하다. 숙수에게는 또한 영광이다. 그런 명이 내려오면 몇 날이 걸려서라도 떡을 만들어야 했다. 왕의 명령이니 다른 사람의 것을 받아 갈 수도 없는 것이다.

"어떻습니까? 저 얼마 후면 퇴직인데 여기 와서 떡메 알바 좀 되겠습니까?"

"벌써 그렇게 되셨나요?"

철퍽!

"셰프님 덕분에 직장 말년을 호사로 보냈죠. 부행장도 해보고 정부 관계자들과의 사이도 개선하고……."

철퍽!

대화 사이사이에도 떡메는 쉬지 않았다. 정부 관계자 이야기는 은행 사정이었다. 방경환의 우람은행, 정부와 살짝 각을 세우고 있었다. 그 관계자를 민규의 사옹대에서 만났다. 민규의 농간(?)이었다. 두 사람의 예약 시간을 겹치게 받아놓은 것.

테이블도 정원으로 배치했다. 다른 테이블이 없다니 군말이 나오지 않았다. 민규의 사옹대는 그런 투정을 부릴 곳이 아니었다. 거기서 화해를 했다. 처음에는 찬바람이 불었지만 나중에는 합석하는 결과를 낳았다. 민규의 약선요리가 위력을 발휘한 것.

"총선 제의가 있다고 들었는데요?"

"그게 우리 셰프님 귀에 들어갔군요. 그냥 헛소문입니다. 저쪽의 일방적인 생각이죠. 정치할 자격도 없지만 생각도 없다고 못을 박았습니다."

"부행장님 정도면 정치판을 밝힐 수 있으실 텐데……."

"천만에요. 거긴 누구도 못 밝힙니다. 들어가면 바로 오물에 물들어요."

"그래도 누군가는……."

"주용길 대통령이 멋졌지요. 우리 역사에 그런 대통령이 또 나와야 할 텐데… 지금 셰프님을 찾아오는 정치인들은 어떻습니까?"

"그건 천기누설인데요?"

"아이코, 그렇군요. 제가 실언을 했습니다."

"그럼 외국계 투자은행설은요? 그것도 헛소문일까요?"

"실은 오늘 홍콩행이 그것 때문입니다. 개인적인 일이라 휴가를 냈는데… 아마도 홍콩에 본부를 둔 미국 투자은행에서 아시아를 총괄할 것 같습니다. 셰프님 앞이니 속일 수 없어 말씀을 드립니다."

"다녀오시면 사모님과 한번 들르십시오. 축하의 의미로 한

턱내겠습니다."

"정말입니까? 저야 염치없어서 가고 싶지 않지만 우리 집사람은 오매불망이랍니다."

"그러세요. 하루나 이틀 전이라면 한 테이블쯤은 비울 수 있습니다."

"허헛, 오늘 떡메 알바비는 제대로 받는군요. 셰프님 초빙이라니……"

철퍽!

방경환의 떡메질에 힘이 더해졌다.

"한잔 시원하게 드시죠."

떡메질이 끝나자 약수를 소환해 주었다. 방경환은 마지막 한 방울까지 털어 마셨다.

"이건 떡메질을 너무 잘하셔서 드리는 보너스입니다."

한 잔이 더 보태졌다. 감람수였으니 따뜻한 기운을 보충해 주는 물이었다,

잠시 후에 퍼레이드를 벌였다. 면세 구역을 한 바퀴 도는 것인데 인기 절정이었다. 어떻게 보면 피곤할 만도 하지만 차미람은 미소를 잃지 않았다. 열정이다. 하나도 식지 않았다. 민규의 열정에 버금가는 그녀. 그렇기에 언제든 챙겨주고 싶은 민규였다.

"고맙습니다."

퍼레이드가 끝나자 차미람이 인사를 해왔다.

"감사합니다."

친구들도 입을 모은다. 땀이 송골 맺힌 차미람과 일당들. 대박 개업식이었다.

다닥다닥!

분점에 들러 요리를 했다. 민규가 아는 손님이 온 것이다. 노령의 중국 화가 리샤오페이였다. 그는 머큐리의 소개로 알게 되었다. 머큐리가 새로 마음을 뺏긴 중국 화가였다. 하나뿐인 딸이 미국 유학길에서 만난 백인과 결혼해 미국행이 잦았다. 당연히 뉴욕의 갤러리에서는 상한가를 치고 있었다.

그러니까 세 번째 새해 정찬을 맡긴 해, 머큐리는 또 하나의 그림을 선물로 주었다. 그게 바로 천명화의 그림 옆에 걸어둔 리샤오페이의 '팔대산인'이었다.

팔대산인(八大山人).

처음 제목만 말할 때는 한국이나 중국의 거물들인 줄 알았다. 알고 보니 사람 이름이었다. 중국의 현대 미술가 리샤오페이, 그가 흠모하는 사람이었다. 팔대산인은 본래 명나라 주원장의 아들 중 한 사람이었다. 명대의 대표적인 화가다. 그러나 그는 불우했으니 명나라가 멸망을 맞은 것이다. 23살에 출가해 중이 되었다. 그러나 다시 환속했다. 술을 좋아해 조선의 장승업과 비슷한 기행도 많이 남겼다.

그의 삶만큼이나 독특한 게 바로 호를 쓴 필체였다. 그는

八大와 山人을 두 자씩 세로로 붙여 썼다. 흘려 쓴 八大는 운다는 뜻의 哭 아니면 웃는다는 뜻의 笑를 닮았다. 山人은 之를 닮았으니 '울다가 웃는'의 哭之笑之(곡지소지), '울 수도 웃을 수도 없는'의 哭笑不得(곡소부득)으로 자신의 삶을 위로했다.

그 기묘한 삶의 그네 타기를 현대식 그림으로 살린 게 리샤오페이였다. 모든 그림을 팔대산인의 필체 안에서 꽃피웠다.

'울다가 웃는다……'

민규는 그 뜻이 마음에 들었다. 삶은 아름답다. 그러나 늘 아름답지는 않았다. 민규 역시 젊은 날 좌절과 상실, 절망을 두루 겪었다. 지금은 성공의 아이콘이 되었다지만 곡지소지의 일상이 완전히 가신 건 아니었다. 새로운 요리를 갈망할 때, 더 나은 맛을 추구할 때, 더 빠른 약선요리의 효과에 애쓸 때의 모습을 관통하는 게 곡지소지였다.

울면서 온 사람을 웃으며 나갈 수 있게.

약선의 의미하고도 잘 맞는 그림. 인연이 되려는지 그로부터 한 달 후에 왕치등 회장에게서 전화가 걸려왔다. 리샤오페이 이야기가 나왔다.

"저희가 아이디어 강좌를 듣는 분인데 오늘 강연 후에 이야기를 나누다 이 셰프님 이야기가 나왔습니다. 그분 그림 한점이 셰프님께 가 있다고 들었다는데 그분도 이 셰프님의 요리를 위장에 간직하고 싶은 모양입니다. 하지만 셰프님이 워낙 유명한 분이라니 엄두를 못 내고 있다가 저와 이야기가 되었네요. 예약이 될까요?"

물론, 당연히 콜이었다.

"아아, 내가 마음에 그리던 그 요리입니다."

사옹대에서 민규의 요리를 받은 리샤오페이, 그만 넋을 놓아버렸다. 그는 그걸 그림으로 여겼으니 요리가 다 식을 동안 먹지 않았다. 보고 또 보아 질리고 질린 후에야 먹겠다니 말릴 수도 없었다. 게다가 요리를 먹는 모습도 가히 선인이었다. 맹세코 산신령이 내려온 줄만 알았던 민규였다.

그 이후로 두 번째 예약이었다. 이번에도 머큐리 재단 산하의 갤러리를 통해 미국 주요 도시의 순회전시를 위해 미국을 다녀오던 길. 상해 옆 소주의 집으로 가기 전에 한국에 들르는 것이다. 오직 민규의 요리를 먹기 위해.

"셰프님."

문을 열고 들어선 그는 산수화처럼 맑아 보였다.

"어서 오십시오."

대기하던 민규가 그를 맞았다. 대화는 영어로 맞췄다. 그는 영어도 잘하는 사람이었다.

"드시죠."

정화수부터 내주었다. 정화수는 머리를 시원하게 하고 눈을 밝게 하였다.

"좋군요. 이 물이 그리워 혼났습니다."

그가 테이블에 앉았다.

"머큐리 회장님은 뵈었습니까?"

"그럼요. 이 셰프님께 안부 전해달라더군요."

"고맙습니다."

"고향 속의 고향에 온 기분입니다. 피로가 쫙 풀리는군요."

"뭘로 올릴까요? 환승 시간이 길지 않죠?"

민규가 물었다.

"셰프께서 친히 와주셨으니 약수 한 잔이면 어떻겠습니까만, 새팥죽 생각이 간절합니다. 더불어 속이 시원해지는 모과환이라면……."

"알겠습니다. 정기 맑은 부각 재료들이 있으니 그것과 함께 낼 테니 조금만 기다려 주십시오."

"고맙습니다."

리샤오페이가 답했다.

민규가 조리대에 섰다. 바로 조용한 박수가 나온다. 주방은 개방형이다. 종규의 아이디어로 카메라도 설치해 두었다. 손님들은 자기가 주문한 요리의 과정을 볼 수 있다. 남의 주문 조리 과정도 볼 수 있다. 그 자리에 민규가 서니 시선이 쏠리는 것이다. 그렇다고 핸드폰을 들이대지는 않는다. 이곳에서는 묵시적인 동의였으니 자료가 필요하면 홈페이지에서 얼마든지 가져갈 수 있었다.

들깨순, 방아꽃 꼬투리, 칡꽃 꼬투리, 달맞이꽃순, 아카시아꽃.

다섯 꽃 부각 재료는 한마디로 천국이었다. 색깔도 좋아 오방색을 이룬다. 각각의 개성도 뚜렷하다. 달콤한 아카시아, 향기로운 들깨와 방아, 습습한 달맞이꽃… 찹쌀 풀도 제대로 발렸다. 붓으로 한 땀 한 땀 발랐으니 유리알 속에 가둔 꽃처럼 보였다.

—약선호두새팥죽.

—약선흰밥알마쌈.

—궁중오색꽃부각.

—약선모과환.

—약선냉이차.

그를 위해 준비한 메뉴였다. 새팥죽은 이미 전복죽과 기존 팥죽을 제치고 국대급 죽이 된 지 오래였다. 그리움처럼 은은히 퍼지는 원초적 단맛이란…….

밥알마쌈은 민규의 새 메뉴였다. 시간이 좀 걸린다. 찰기 자르르 흐르는 쌀밥이 나오면 세팅이 시작된다. 맨 아래는 어린 연잎과 곰취잎을 깐다. 그 위에 종잇장처럼 썰어낸 마 두 장을 깔고 토마토 장아찌로 기둥을 세운다. 밥알이 둘러지기 시작한다. 그냥 덩어리로 쌓는 게 아니라 솔방울처럼, 피보나치수열을 이루며 쌓는다. 마치 쌀솔방울 같은 위엄이 완성되면 맨 위에 맨드라미 물을 들인 토하젓 한 점을 찍어 화룡점정을 완성한다.

딱 한 입 거리다. 입에 넣으면 밥알이 저절로 흩어진다. 사각거리는 마와 함께 짭조름한 토마토 장아찌가 미각을 자극한다. 거기 이어지는 곰취의 쌉쌀함과 토하젓의 풍후한 맛. 모든 것을 끌어안는 밥알과 환상을 이루니 중독으로도 설명이 모자라는 맛이었다.

그 포인트는 오롯한 정성이었다. 때로는 맨드라미 물을 들인 밥알로 분홍 띠를 두르고 또 때로는 포도로 보라색 물을 들였다. 이 메뉴는 일본 수상이 왔을 때 냈던 회심작이었다. 내심 민규의 요리 세계를 폄하하던 일본 요리계. 미식가에 속하는 일본 수상이 밥알마쌈에 충격을 먹자 찬사 쪽으로 돌아선 그 메뉴였다.

약선을 관통하는 주제는 기억력과 집중력 강화, 그리고 시력 강화였다. 화가도 눈이 피곤한 직업이다. 예술적 영감은 천재성이나 창의력과 다르지 않으니 머리도 아플 터. 호두와 마가 거기에 속했다. 팥죽에 살짝 띄워놓은 대추꽃 장식도 다르지 않았다. 모과환을 장식한 앵두도 그쪽이었다.

시력에는 국화와 냉이, 구기자 등이 좋다. 마무리 후식으로 냉이차를 낸 것도 다 이유가 있었던 것.

그런데…….

리샤오페이를 흥분시킨 건 메뉴 구성만이 아니었다.

"셰프님."

요리 세팅이 끝나자 그의 눈이 휘둥그레졌다. 접시 플레이팅 때문이었다. 오색꽃부각을 담아낸 질박한 질그릇. 꽃부각

만 해도 황홀할 지경인데 바닥의 소스가 그를 경악하게 만들
었다.

八大山人.

소스는 분명 그 한문이었다. 자신의 그림에 그린 것과 거의
같았다. 게다가 소스들은 봄, 여름, 가을, 겨울의 네 색을 연출
하는 네 가지 맛이었다.

"아아……."

그는 오늘도 감동을 먼저 먹었다. 거의 30분 동안이나 요리
만 바라보았다. 옆에 민규가 있지만 한눈조차 팔지 않았다. 그
래도 지난번보다는 조금 일찍 몽환에서 깨어났다. 비행기 환
승 시간 때문이었다.

"참으로 죄송합니다."

요리를 흔적도 없이 해치운 리샤오페이. 자리에서 일어나
민규에게 허리를 숙였다. 이 또한 지난번과 유사했다. 그의 생
각은 이랬다. 자신이 그린 그림은 명작이랍시고 소중한 관리
를 받는다. 그러나 민규의 요리는, 그 이상 가는 감동임에도
불구하고 흔적도 없이 사라진다. 그게 한스럽고 죄스럽다는
리샤오페이였다.

"별말씀을요. 저는 그래서 더 행복한데요?"

민규가 웃었다.

"더 행복하다고요?"

"사라졌기 때문에 다시 만들어야 하지 않습니까? 그리고,

누군가 한 사람만을 위한 명작으로 영원히 새겨질 테고……."

"……!"

민규의 초연한 답에 리샤오페이는 또 한 번 절망했다. 가끔은 대가의 반열에 섰다는 자부심이 자만심으로 바뀌기도 하는 위치, 민규의 겸허함 앞에서 다시 정신 무장을 하는 계기가 되는 것이다.

"받아주십시오."

그가 그림 한 점을 내밀었다. 역시 八大山人을 주제로 그려낸 요리 그림이었다. 민규에게 주려고 일부러 그린 것.

"이렇게 귀한 것을요?"

"귀하다뇨. 셰프님께 줄 수 있어서 행복합니다."

그의 표정이 진심이기에 받아 들었다. 그림은 리샤오페이 손으로 직접 벽에 걸도록 부탁했다. 공항 분점이 더 빛나는 순간이었다.

9. 제왕들의 막걸리 만찬

"새로 식구가 된 피아비다. 오늘부터 주방에서 요리를 배우게 될 거다."

민규가 피아비를 소개했다. 본점 영업이 끝난 밤이었다.

"와아!"

짝짝!

환영의 목소리와 함께 박수가 나왔다. 자리를 함께한 사람은 세 명. 재희와 더불어 남자 하나와 여자 하나였다. 둘 역시 주방에서 수련을 받는 수련 셰프들이었다.

"자, 자기소개."

민규가 피아비를 바라보았다. 인천공항에서 데려온 그녀.

아직도 꿈을 꾸는 듯 몽롱한 표정이었다. 그녀가 그리던 한국 정통요리. 게다가 최고의 셰프 이민규의 사용대였다.

"저는 캄보디아 출신의 피아비입니다. 꿈에서도 서보지 못한 사용대에서 요리를 배우게 되어 너무⋯⋯."

그녀는 감동에 겨웠지만 재희의 손은 주방을 가리키고 있었다.

"쏘리, 우리 사용대 자기소개는 요리로 하는 거거든?"

"네?"

"요리. 다들 출출하니까 실력 발휘 한번 해봐."

"셰프님."

얼떨떨한 피아비가 민규를 바라보았다.

"우리 총괄 셰프님 말이 맞아. 사람 소개야 차차 알게 될 테고, 무엇보다도 요리가 궁금하다지?"

"네⋯⋯."

"살짝 긴장은 해야 할 거야. 나는 허락했지만 만약 여기 세 사람이 다 싫다고 하면 바로 캄보디아로 돌려보낼지도 몰라."

"⋯⋯!"

"뭐 그렇다고 겁먹을 건 없고⋯ 저번처럼 편안하게 만들어봐."

"아무거나 만들어도 돼요?"

"그럼. 먹을 수 있는 거라면."

민규가 어깨를 으쓱해 보였다.

"요리복은 여기."

재희가 새 숙수복을 꺼내 보였다.

[수련 셰프 피아비]

명찰에 그녀 이름이 또렷했다.

"하지만 일단은 연습복으로. 이건 요리 맛을 본 후에……."

재희가 다른 옷을 내밀었다. 피아비의 피가 짜릿해지는 순간이었다.

피아비.

사옹대 본점의 조리대 앞에서 고개를 들었다. 민규와 재희, 두 수련 셰프들이 그녀를 주목하고 있었다. 공항까지 배웅 나왔던 아빠 얼굴이 떠올랐다.

"넌 할 수 있을 거야. 이 아빠의 자랑이니까."

아빠의 자랑.

그건 립 서비스가 아니었다. 그녀의 아빠는 박봉임에도 불구하고 한 번도 학비 송금을 잊지 않았다. 피아비도 알바를 했지만 한국의 학비를 대기는 쉽지 않기 때문이었다. 피아비는 사실 그 돈을 다 쓰지 않았다. 아빠는 다리를 절었다. 그 다리로 버는 돈을 쓰는 건 아빠의 목숨을 갉아먹는다는 생각이 들었던 것. 그렇기에 아빠가 송금해 주었던 돈을 절반가량

전해주었다.

그날, 피아비의 집은 울음바다가 되었다. 그래도 아빠, 소리는 내지 않았다. 그런 아빠의 격려를 받고 왔다. 그 뜨거운 응원이 사용대까지 따라온 것이다.

해볼게요.

그녀, 식재료 사냥에 나섰다. 그녀의 선택은 잉어와 바나나, 김치였다. 찹쌀도 고르고 연잎과 대나무잎도 챙겨 왔다. 강황과 호두도 챙긴다. 민규는 느긋하게 그녀를 보고 있었다.

잉어를 노려보던 그녀, 마침내 칼을 잡았다. 캄보디아 작은 해안 도시 출신 피아비의 출격이었다.

사사삿!

잉어 손질은 제법이었다. 그녀가 해안 출신이기 때문이었다. 그게 아니더라도 캄보디아 사람들은 생선으로 만든 요리를 즐긴다. 가난한 집이 많으니 열 살만 되면 생선 손질 정도는 할 줄 아는 아이들이 많았다. 부모들이 모두 일을 하러 나가기 때문이었다.

연잎은 작게 말아냈다. 강황과 마늘, 후추 등의 양념을 섞더니 호두를 갈아 넣는다. 그것들에 다진 잉어 살을 넣고 연잎 말아둔 것에 넣었다. 잘 갈무리를 하더니 찜기에 넣었다.

'흐음……'

민규 눈빛이 반짝이기 시작했다. 다음은 밥이었다. 쌀은 캄보디아의 주식 중 하나. 그렇기에 밥도 그녀에게 문제가 되지 않았다. 책에서 배웠다지만 기본기도 좋았다. 죽물을 받아내더니 그걸 더해 밥의 진기를 더하는 게 아닌가?

'공부 많이 했군.'

민규가 고개를 끄덕였다. 다른 수련 셰프들에게 영향을 줄까 봐 아무도 모르게 끄덕였다. 밥이 익는 동안 모양을 조각한다. 그녀가 빚어낸 건 기다란 별 조각이었다. 별 조각에 김치의 잎을 김밥처럼 두른다. 밥이 익어 나오자 바나나를 감싸 모양을 잡았다. 그것들은 얇은 찹쌀 풀을 두른 채 끓는 참기름 속으로 들어갔다. 딱 2—3초였으니 찹쌀 풀만 튀겨낸 것.

두 접시의 요리가 나왔다.

"저희 캄보디아 사람들이 좋아하는 '아목'과 '놈언썸'입니다. 캄보디아하고 똑같지는 않고 제가 한국에서 요리하게 되었으니 한국 사람들이 좋아하는 마늘과 김치, 호두를 응용한 버전입니다."

시원한 대나무와 연꽃으로 플레이팅 한 피아비. 잔뜩 긴장한 얼굴로 민규네 앞에 섰다.

"우와!"

두 수련 셰프가 감탄을 했다. 강황과 마늘에 섞인 잉어 살은 매콤하고 고소한 비주얼이었고 별 조각 모양의 바나나를 담은 아목은 달달한 느낌이었다. 거기에 포인트로 들어간 배추의 푸른 잎이 중심을 제대로 잡았다. 맛에서도 그렇고 색감에서도 그랬다.

"바나나와 김치의 매칭… 신세계인데요?"

시식을 한 재희가 고개를 들었다.

"정말요. 아삭거리는 튀김옷에 달달하면서도 담백… 아이와 어르신들이 굉장히 좋아하겠어요."

두 수련 셰프도 공감.

그래도 피아비는 긴장의 끈을 놓지 않았다. 재희도 대단하지만 여기서는 민규가 왕. 민규의 평이 나올 때까지 숨도 제대로 쉬지 못하는 피아비였다.

"으음……."

민규는 오래 감상했다.

아삭!

튀김옷 소리도 좋았고 밥알에 스며든 김치와 바나나의 향도 알맞았다. 그러니까 밥의 두께를 제대로 조절했다는 뜻이었다.

연잎에 쪄낸 잉어 살도 푸근했다. 기대한 대로였다. 폴폴 풍겨 나오는 증기로 감을 잡았던 민규였다.

"재희."

민규가 재희를 돌아보았다.

"네, 셰프님."

"합격?"

"뭐 저는요."

"두 사람은?"

민규 질문이 두 수련 셰프에게 건너갔다.

"저희는 불합격요."

둘이 합창을 불렀다.

"……?"

피아비의 표정이 순식간에 굳어버렸다.

"이유는?"

"너무 잘하잖아요? 우리가 밀려날 거 같아서요."

"……!"

둘의 해명에 피아비의 얼굴이 환하게 펴졌다. 민규의 합창
이 바로 뒤를 이었다.

"그럼 입단식 해야지. 수련 숙수복 입혀줘."

"……."

그녀의 명찰이 새겨진 숙수복은 재희가 입혀주었다. 그때까
지 씩씩하던 피아비, 결국 또 울음을 터뜨리고 말았다.

"으아, 나도 처음 수련 숙수복 받았을 때 혼자 엄청 울었는
데……."

"나도 그래."

두 수련 셰프가 웃었다.

피아비와 함께 인증 숏을 찍었다. 그녀를 자랑하는 아빠에
게도 보내도록 했다.

"아, 이 말도 함께 보내. 이제부터 진짜 고생 시작이라고."

재희가 엄포를 놓았다.

"알겠습니다. 저 엄청 굴려주세요."

한국말 달인급인 피아비가 제대로 응수했다. 재희는 바로 화답했다. 잣 한 되와 솔잎 한 바가지, 오징어 한 축과 34가지 한약재 샘플을 안겨준 것.

"궁중요리의 기본이야. 잣은 내일까지 대나무로 구멍을 내어 세 개씩 꿰고, 오징어는 일주일 안에 열 가지 절육으로 만들고, 한약재는 그 후의 일주일 동안 어떤 약재인지, 어떤 목적으로 쓰는지 알아낼 것."

"......!"

"절육과 한약재는 틀리면 두 배씩 늘어나."

재희 목소리는 단호했다.

기본 탑재.

그건 민규의 요리 철학이었다. 캄보디아의 아린 사연을 지닌 외국인이라 해서 예외 따위는 없었다. 이 수련 셰프 피아비. 4년 후 민규의 지원으로 돈암동에서 약선요리집을 개업하고 미슐랭 별 세 개 수여를 사양하는 대셰프가 된다. 미슐랭 별을 거절하는 이유도 간단했다.

"제 스승은 이민규입니다. 스승님도 미슐랭 별을 사양했으니 당연한 일입니다."

그녀는 자신의 실력으로 한국 국적 시험에 합격해 한국 사람이 된다.

좌아아!

비가 내렸다. 제법 빗줄기가 굵었다. 사옹대에서 비를 바라보던 민규가 빙그레 웃었다.

"날씨 죽이는데요?"

재희도 거든다. 우중충하게 비가 내리는 날씨. 그게 좋다고 하는 데는 이유가 있었다. 민규가 가는 출장 때문이었다. 다른 곳도 아니고 청와대였다. 예정 인원은 세 명.

외국 국빈의 방문은 아니었다. 그러나 민규에게는 대통령까지 합쳐 네 명의 왕을 모시는 것과 같았다. 전직 대통령들이 모이는 까닭이었다.

현직 대통령 윤상운.

그는 당선 행보로 사회 대통합을 외쳤다. 그 일환으로 전직 대통령 셋을 청와대로 초청했다. 그 역시 불통의 정치를 펴는 사람은 아니기에 세 대통령이 모두 응했다. 그 이벤트 개최를 위해 민규가 불려 갔다.

사옹대.

주용길이 만찬장으로 지정한 이래 사옹대는 중국의 조어대처럼 국빈 만찬의 상징이 되었다. 주용길 이후의 정권도 민규에게 많은 도움을 받았다. 크고 작은 국제적 현안과 협력을 이끌어낼 때마다 요리 정치가 빛을 발했던 것.

이번 정권이 들어오면서 그게 시들해졌다. 윤상운은 앞선 세 대통령들처럼 민규를 총애하지 않았다. 국빈 만찬도 그저 관습적인 것으로 받아들일 뿐이었다. 그건 투박한 정치관에 더불어 그의 미식 등급과도 관련이 깊었다. 그의 미식 등급은 최하의 D레벨이었으니 요리를 앞에 두고 분위기 잡는 스타일을 멀리했다.

그렇기에 민규를 직접 부른 건 이때가 처음이었다. 만찬장 이외에는 민규와 독대하지 않은 유일한 대통령. 그도 결국 민규에게 손을 내민 것이다.

"어떤 메뉴가 좋겠습니까?"

첫 독대. 대통령의 말은 투박했다. 그 말에서 국정 스트레스가 엿보였다.

쪼르륵!

방제수를 소환했다. 하빙까지 소환해 방제수 컵에 둘렀다.

"한 모금 드시면 속이 편안해지실 겁니다."

"……!"

물을 마신 그의 오감이 꿈틀 흔들렸다. 하빙은 가슴을 뻥 뚫어주는 뚫어뻥水다. 방제수의 힘까지 더하니 답답하던 가슴에 길이 난 것이다.

"생각하신 메뉴가 있는지요?"

그제야 민규가 물었다. 먼저 답하지는 않았다. 민규는 왕들의 생리를 알고 있다. 그렇기에 어떤 대통령을 대하건 조심스러운 건 절대왕권이었던 고려와 조선의 왕을 대하는 것과 같았다. 잘나갈 때 조심해야 하는 것이다.

"그냥 허심탄회한 자리… 세 분이 다 이 셰프의 요리에 반한 사람들이니 편안한 분위기를 연출할 수 있는 요리로 추천해 주세요."

물 때문이다. 대통령의 표정에서 칼각이 사라졌다. 민규가 몇 가지 제안을 했다. 그중에서 낙점된 게 '빈대떡'에 막걸리였다.

청와대 만찬에 빈대떡?

이름이 번쩍한 요리에 큰 관심이 없는 대통령. 그다운 선택이었다. 그러나 민규도 한 번은 해보고 싶은 이벤트였다. 백악관에서만 햄버거를 먹는 게 아니었다. 그들에게 햄버거가 있다면 우리에게는 빈대떡이 있었다. 혼자 하면 취향이나 반주에 불과하지만 네 명의 대통령이 먹으면 사이즈가 달라진다. 문화가 되는 것이니 작지만 우리 것을 즐기는 분위기를 만들 수 있는 기회이기도 했다.

이 결정은 제대로 먹혔다. 청와대의 발표가 있자 국민과 언론들은 뜻밖의 환호를 했다.

빈대떡!

그것도 네 명의 대통령 만찬. 당장 장안의 화제가 되었다. 오래전에도 빈대떡이 이슈가 된 적은 있었다. 미국 대통령이 방한 때 먹었던 일 때문이다. 그때는 장광 거사의 가게였다. 거기서 한국 대통령과 막걸리 한 잔에 빈대떡 한 판을 먹었던 것. 하지만 이번에는 사이즈가 달랐다. 빈대떡 하면 파전이라느니, 해물전이라느니 하는 행복한 논쟁에 메밀전과 녹두전까지 회자되었다. 덕분에 선술집들은 빈대떡과 막걸리 호황을 누렸다.

그 만찬이 오늘이었다. 시간은 오후 4시. 점심을 먹고 출출해질 시간. 추적추적 비까지 내리니 막걸리에 빈대떡 한 점 올리기에는 금상첨화였다.

"이 셰프님."

녹지원 앞에 나와 있던 세 전임 대통령이 민규를 맞았다. 함성덕과 주용길, 그리고 배만홍이었다.

"안녕하세요?"

민규가 정중히 세 왕(?)을 맞았다. 현직의 윤상운은 맨 뒤에 있었다.

"비가 와서 오느라 애를 먹었겠네요?"

주용길이 물었다. 그도 우산을 쓰고 있었다.

"기다리시는 줄 알면 좀 더 일찍 올 걸 그랬습니다."

"아닙니다. 우리야 백수다 보니 이 셰프님 빈대떡이 생각나 온 것뿐입니다. 그 왜 늙으면 일찌감치 움직이게 되거든요."

"예?"

"이 셰프님은 아직 모를 겁니다. 이 사람이 어느 날 예방주사 때문에 동네 보건소엘 갔는데 아이쿠야, 8시도 안 된 시간이라 내가 1등인 줄 알았더니 글쎄 십여 어르신들이 와계시지 뭡니까?"

"아, 예……."

민규가 웃었다. 그건 민규도 자치구 보건소장에게 들은 적이 있었다. 할머니들의 부지런은 세계 최고에 속한다고 했다. 예방주사건 잔병 검사건 문만 열면 들어온다고 했다.

미소 속에는 주용길의 소탈함에 대한 존경도 담겨 있었다. 막걸리 좋아하던 옛날 대통령. 그분 못지않게 소탈한 주용길이었으니 낙향 후에 동네 사람들과 소시민처럼 어울리고 있었다.

"우리 강 셰프도 오랜만이네요?"

주용길은 재희까지도 챙겼다. 이제는 재희를 대동하지 않아도 되는 민규. 그러나 워낙 인연이 각별한 분들이기에 재희를 동반하게 되었다.

"기왕 판 벌이는 거 영빈관으로 갈까요?"

현직의 윤상운이 분위기를 띄웠다.

"아이고, 무슨 말씀을. 백수들이 뭐 하는 거 있다고 큰 건물 씁니까? 상춘재만 해도 차고 넘칩니다. 들어들 가십시다. 나는 사실 이 셰프님 오신다기에 점심도 안 먹고 왔거든요."

주용길이 너스레를 떨었다.

"저런, 이 사람도 그렇습니다. 느지막이 아점을 먹었거든요."

민규와 인연을 맺은 첫 대통령 함성덕, 그도 활기차게 걸음을 옮겼다.

"자, 그래. 오늘은 어떤 빈대떡으로 맛보여 주시겠습니까?"

함성덕이 물었다.

"영부인께서도 빈대떡을 좀 하신다고 하셨는데 어떤 걸 주로 드셨나요?"

"아이고, 우리 그 사람이 무슨 요리. 손맛보다 잔소리로 하는 사람인데……."

"그 말, 그분 귀에 들어가도 뒤탈이 없겠습니까?"

주용길이 슬쩍 끼어들었다.

"마음대로 하세요. 이 사람도 이제 바가지에 면역이 생겼거든요."

"하하핫!"

함성덕의 넉살에 분위기가 밝아졌다.

"오늘은 꿀 반죽 빈대떡을 올려볼까 합니다."

"꿀 반죽?"

대통령들이 고개를 들었다. 꿀 반죽이라니? 아무리 민규라도 빈대떡과는 거리가 먼 이야기였다.

"다들 아시겠지만 빈대떡의 어원은 빈자(貧者), 즉 가난한 사람들이 먹던 음식에서 유래했다고 합니다. 그것 말고 또 다른 어원은 빈대골로 불리던 정동 골목에 빈대떡 장수가 많아서 그렇다는 설이 있지요."

"……"

"그런데 역사를 짚어가다 보면 영접도감의궤에 빈대떡의 아버지로 불릴 만한 음식이 나오는데, 녹두를 갈아 참기름에 지져낸 병자가 그것입니다."

"……?"

"학계에서는 그 병자가 녹두병을 거쳐 빈자로 변한 것으로 추론하고 있습니다. 그 후대의 음식지미방에 나오는 '빈쟈법'의 레시피를 보면 이해가 가지요."

음식지미방의 빈쟈법.

녹두를 거피해 되직하게 갈아 쓴다. 번철에 기름을 붓고 끓으면 녹두를 조금씩 떠 넣는데 이때 꿀에 반죽한 팥소를 놓고 그 위에 또 녹두 간 것을 올려 지져낸다. 이 빈자와 원조 궁중 병자와의 차이라면 꿀 팥소의 유무에 불과했다.

"호오, 꿀에 버무린 팥소를 넣고 앞뒤로 녹두를 더해 부쳐낸다. 그렇다면 부꾸미에 더 가깝지 않나요?"

배만홍이 물었다. 그도 요리에 대한 조예는 나름 깊은 사람이었다.

"그러다 약 150년 후의 규합총서에서는 '병자떡'이라 불리는 요리의 레시피가 나오는데 여기서는 팥소가 아니라 밤소를 넣고 수저로 눌러가며 작은 꽃전 모양으로 만들어냅니다. 마침내 병자떡이라는 이름이 보이니 병자와 빈자에서 병자떡으로 가면서 빈대떡에 가까워지는 모양새가 됩니다."

"과연 그렇군요."

"오늘날의 빈대떡이라는 명칭은 조선무쌍신식요리제법에서

선보이는데 여기서는 계란을 넣는가 하면 파, 미나리, 배추 줄기, 표고, 석이, 소고기, 돼지고기, 해삼, 전복, 실고추 등을 넣으니 오늘날의 해물전이나 채소전의 전신이 되는 형태를 갖추게 됩니다. 오늘은 빈대떡의 역사를 짚어볼 수 있도록 이런 과정으로 요리를 낼 생각입니다."

"오, 그럼 그냥 빈대떡이 아니라 빈대떡의 역사를 먹는 것 아니오?"

함성덕이 반색을 했다.

"거창하게 보면 그렇습니다. 그러니 잠시만 기다려 주십시오."

"시간은 염려 없소이다. 설마하니 우리 대통령께서 조금 늦는다고 쫓아낼 것도 아니니 천천히 만드세요. 우린 현직 대통령 고민이나 듣고 있을 테니."

"알겠습니다."

가볍게 인사를 마친 민규, 왕들의 나이가 있으니 마비탕에 지장수, 요수의 세트를 만들어 주고 주방으로 향했다. 이제는 눈 감고도 알 수 있는 청와대 주방의 구조. 재희와 함께 요리 준비를 마치고 팬을 잡았다.

"시작할까?"

"네, 셰프님."

비는 오지만 둘의 목소리는 청명했다. 꿀꿀해서 더 적격인 빈대떡 요리하는 날. 토닥토닥 떨어지는 빗소리와 함께 빈대떡 익어가는 소리가 즐거운 합창을 했다.

자글자글.

자작자작.

"요리 끝났어요, 셰프님."

해물파전을 뒤집은 재희가 보고를 했다. 노릇하게 익어 나온 해물파전. 때깔 한번 먹음직스러웠다.

"오케이."

민규도 병자의 요리를 끝냈다. 병자와 빈자는 사람 숫자에 맞췄고 조선무쌍신식요리제법의 빈대떡은 채소, 육류, 해물류 등으로 구분해 부쳤다. 나머지 두 소당은 현대판 밀가루 빈대떡으로 부추전과 해물파전이었다.

단순한 색감의 타파를 위해 조선 초기의 고추장 초시를 더한 장떡 형식도 부치고 백제의 김치 수수보리지를 이용한 김치전도 한 장 곁들였다. 초시 장떡은 고추를 이용한 것만큼 붉지는 않았지만 은은한 붉은색이 나름 잘 어울렸다. 막걸리는 차만술이 내준 것을 그대로 올렸다.

"이햐!"

대통령들의 입이 쩌억 벌어졌다.

*　　　　*　　　　*

병자에서 빈자, 파전과 김치전, 배추전과 무전까지 한 상 가득 펼쳐지니 그야말로 빈대떡 잔치판이다. 하지만 상도 의미가 있었다. 민규의 제안은 테라스의 반상이었다. 화문석 돗자리를 펼치고 반상에 세팅이다. 가족처럼 가까이 둘러앉는 것. 그 또한 관계 개선의 방법이 될 수 있었다.

빈대떡의 기름은 더하지도 덜하지도 않았다. 씨간장에 청양고추를 가는 링으로 썰어 넣은 양념장은 참기름 두 방울이 더해져 환상이었다. 이 양념장 구성이 압권이었다. 대통령들의 상이기에 평범하게 넘어가지 않았다. 고구려의 장으로 불리는 시를 재현해 천년의 맛을 살린 것.

소박하면서도 입맛을 당기는 빈대떡. 플레이팅으로 놓은 푸른 솔방울과 국화꽃도 너무 잘 어울렸다. 어르신들에게 좋은 약재를 넣었으니 노년의 건강에도 도움이 될 일이었다.

"후어어, 도오타."

함성덕이 먼저 한 점을 넣었다. 한 입 그득해지는 양이었으니 발음도 제대로 나오지 않았다. 빈대떡의 푸근함과 부드러움이 입안에 침의 홍수를 만들었다. 대나무 젓가락으로 정성껏 찢어놓은 민규. 빈대떡은 칼보다 이렇게 떼어 먹어야 제맛인 것이다.

"어우, 빈대떡이 그냥 살살 녹네, 녹아."

주용길도 만족했다. 다른 두 대통령의 젓가락도 쉬지 않았다. 달달한 병시는 병시대로, 감칠맛이 그득한 해물전은 해물전대로 환상이었다.

"우리 이 셰프님도 받으세요."

함성덕이 막걸리 병을 들었다.

"한번 쭈욱 마셔봐요. 내가 우리 셰프님, 술 한 잔 제대로 먹는 걸 못 봤거든."

함성덕이 슬며시 압박을 주었다.

"그건 이 사람도 그렇습니다. 늘 우리 챙기느라 바빠서……."

남은 대통령도 같은 마음이었다. 민규가 잔을 받았다. 대통령으로 국정을 돌보던 때가 어제 같은 세 사람. 어쩐지 세월이 무심한 것 같아 민규가 원샷으로 잔을 비워냈다. 네 사람의 먹성에 맞춰 요리를 끝냈으니 할 일이 없는 이유도 있었다.

"어이쿠, 우리 셰프님. 이 사람 잔도 한잔 받으세요."

주용길이 뒤를 이었다. 그 잔까지 비워내니 배만홍이 따랐고 현직 대통령도 빠지지 않았다. 결국 민규도 술자리의 멤버가 되었다. 자리가 좁아졌지만 사이는 그만큼 더 가까워지는 풍경이었다.

막걸리 네 잔.

알딸딸했다. 조금 풀린 마음으로 네 왕을 바라보는 것도 나쁘지 않았다. 범접하기 어렵던 사람들이 조금 더 가깝게 보였다. 네 왕에게 차례로 술을 따라 주었다. 한꺼번에 네 왕…….

판문점 만찬이 떠올라 웃었다. 술이 추억을 가까이 데려온다. 대통령들도 그런 모양이었다.

"역시 비 오는 날은 막걸리에 빈대떡이 최고라지요. 다 내려놓고 이 셰프의 빈대떡으로 한잔하니 신선이 따로 없네요."

함성덕의 눈에 추억이 서렸다.

"좋은 빈대떡에 좋은 안주… 그러고 보면 내 청와대 생활 5년 동안 남은 건 이 셰프 한 사람 건진 게 아닌가 싶습니다."

주용길도 추억을 만난다.

"어허, 왜 이러십니까? 우리 이 셰프를 등용한 건 난데?"

함성덕 목에 힘이 들어갔다.

"그렇죠? 덕분에 제가 도움을 많이 받았습니다."

"처음에는 우리 영부인 성화에 못 이겨 청와대 주방장으로 들여앉힐 생각이었습니다. 그러다 궁중요리 전문가들을 만났는데 그 사람들이 그래요. 이 셰프는 큰 고기니 작은 물에 가두면 안 된다고."

"……"

"지금 생각해도 참 잘한 일 같습니다. 그때 청와대로 끌고 왔으면 세계적으로 뻗지도 못했을 테고, 결국 무능한 정권에서 일한 주방장이라는 낙인이나 찍혔을 것 아닙니까?"

"그건 지나친 비약이십니다."

듣고 있던 민규가 소감을 밝혔다.

"아니에요. 그랬다면 우리 주 전임과 만날 일도 없었을 겁니다. 요즘도 가끔 우리 영부인이 그런 말을 하지요. 내가 국정은 제대로 통치하지 못했지만 이 셰프님 일은 잘한 결정이라고요."

"그렇게 따지면 제가 가장 미안한 사람입니다. 국정에 도움이 된다는 핑계로 많이도 부려먹었으니까요."

주용길이 뒷말을 이었다.

"판문점 만찬이 압권이었죠."

"맞습니다. 제 유일한 업적이자 자랑인 일이었지요."

"무슨 말씀이십니까? 그렇게 많은 일을 하셔놓고……."

현직 대통령이 덕담을 끼워 넣었다.

"이래저래 고마웠습니다. 현직 때도 시도 때도 없이 신세를 졌는데 이제 퇴물이 되는 마당에도 이렇게 좋은 맛을 맛보게 해주니……."

주용길이 민규를 바라보며 웃었다.

"당치 않습니다. 제게는 영원히 대통령님들이신 분입니다. 언제고 불러주시면 맛난 요리 한 접시는 기꺼운 마음으로 준비하겠습니다."

민규가 막걸리 병을 들었다.

쪼르륵!

마음을 따랐다.

"그러고 보면 내가 결혼 하나는 잘한 모양입니다. 우리 영부인 덕에 이 셰프를 만났으니 말입니다. 그때 중국 대사 부인 때문에 골머리 썩는다고 짜증은 많았지만……."

추억담의 끝에 후밍위안의 말이 나왔다. 민규도 그녀 얼굴이 생생했다. 이제는 미국 대사를 거쳐 은퇴한 그녀의 남편. 그를 따라 소주의 운하 옆에 중국요리 연구원을 열었다. 생각은 오래 하지 않았다. 그녀의 예약이 며칠 후로 잡힌 까닭이었다. 통 큰 그녀답게 이번에도 중국 최고의 여배우들을 대동한다. 작년에는 중국의 상무위원 셋을 대동해 한국을 놀라게 한 그녀였다.

"자자, 한잔들 하십시다. 질곡의 청와대 생활이었지만 지나고 나니 다 추억이구려."

함성덕이 잔을 들었다. 민규도 따라 들었다. 안주로는 병자를 집었다. 솔직히 해물파전만은 못했다. 그러나 더 애틋했다.

요리는 시대상을 반영한다. 시대에 따라 유행하는 요리가 있는 것이다. 그러니 누가 뭐라고 해도 해물파전의 기원은 병자였다. 그 시도가 없었다면 오늘날의 해물파전도 없었다. 셰프로서 어떤 요리의 기원이 있다는 건 정말이지 소중한 일이었다. 오늘의 모든 것은 어제로부터 출발하기 때문이다.

고마웠다.

대통령들은 그들의 업적에 도움이 된 민규에게 고마움을 전하듯, 민규는 빈대떡의 시작이 되어준 병자와 빈자에게 고마움을 전했다.

"캬아, 조오타!"

대통령들의 술맛을 돋우려는 듯 빗소리는 박자까지 맞춰주고 있었다.

"앉아요."

만찬이 끝나자 현직의 윤상운과 독대를 하게 되었다.

"애 많이 썼어요. 덕분에 국정 분위기가 한결 좋아지게 생겼습니다."

대통령의 표정은 밝았다. 술 한잔에 얼큰해진 것도 있지만 기대 이상의 반응을 얻었던 것. 세 대통령은 이구동성으로 민규를 지지했으니 '요리 정치'의 맛을 본 윤상운이었다.

"별말씀을……."

"빈대떡 말입니다. 이 셰프님 손을 거치니 그것만으로도 명요리가 되더군요. 태어나서 이렇게 맛난 빈대떡은 처음입니다."

엄청난 칭찬이 나왔다. 미국 대통령의 방한 만찬에서도 의례적인 인사만 하던 것치고는 진일보된 태도가 아닐 수 없었으니 집권 2년 차에야 비로소 현실 정치의 피로도를 느끼는 모양이었다.

"네 분의 분위기가 좋아서 그랬을 겁니다."

민규는 그저 겸허했다.

"덕분에 분위기는 제대로 만들었습니다."

대통령이 '분위기'라는 단어를 강조하며 일어섰다. 그는 창을 향해 걸었다. 벽에는 한국의 민화가 걸려 있었다. 민화 속에는 오늘의 날씨처럼 비가 내린다. 비를 보던 대통령이 민규를 묵묵히 바라보았다.

"솔직히 나는 요리에 문외한입니다. 아시지요?"

대통령의 고백이 묵직했다.

"……"

"정치에 요리라… 그닥 마음에 들지 않았던 것도 사실이에요. 게다가 판문점 만찬의 전설도 부담이었고."

겸허한 심경 묘사가 이어진다. 그건 이해가 되었다. 판문점 만찬 이후로 많은 나라들이 요리 외교를 시도했다. 민규를 불러 간 러시아 대통령은 큰 성과도 얻었다. 골머리를 앓던 우크라이나 등 주변국가와 사이가 좋아진 것. 중동 문제도 한숨을 돌렸다. 이해 관계국들이 아부다비에서 모여 벌인 만찬. 그 만찬 셰프도 민규였다. 그러나 이후의 대통령들은 부담이 커졌으니 무엇을 하든 판문점 만찬의 전설을 넘어서기 힘든 까닭이었다.

"그랬는데 역시 구관이 명관이네요. 정치란 큰 것만 보고 가면 안 된다는 결론을 얻었습니다. 가화만사성의 원리처럼 국내 문제가 우선인데 큰 그림만 고집하고 있었으니……"

"……"

"아시겠지만 얼마 후면 우리도 유인우주선을 발사합니다. 마침내 우주 개척의 강국이 되는 것이죠."

우주라는 단어가 강조되었다. 그만큼 감개무량한 일이었다. 주용길 때부터 밑그림을 그리던 우주산업. 결국 한국도 우주선 발사라는 초유의 프로젝트를 성공적으로 수행해 냈다. 그 연결의 실마리도 실은 민규의 요리였다. 판문점 만찬에서 인연을 맺은 러시아 대통령 주용길이 민규의 요리를 내세워 양국 정상회담을 요청했고 그 자리에서 한국에 대한 우주인 양성과 우주선 기술 이전이 약속되었다. 그 이후로 약 7년여의 공을 들여 드디어 유인우주선 발사를 기다리는 순간이었다.

"역사적인 순간이지만 당장 야당과의 관계가 몹시 좋지 않아요. 유인우주선 발사 자리에 참석해 달라는 요청까지도 거절을 당했으니까요. 해서 어떻게든 관계를 풀어볼까 하고 여러 경로로 접촉해 봤지만 가시적인 관계 개선도 없고……."

"……."

"그러던 차에 원로님들을 모셨더니 마침 우주선 발사의 시금석을 놓으셨던 주용길 전임께서 좋은 말씀 하나를 주셨습니다. 우주선의 시작이 이 셰프님이었으니 이 셰프님에게 한번 맡겨보라고."

"네에……."

"퇴물 늙은이들에게 만찬을 베풀어주면서 야당 당수 만찬은 왜 못 베풀어주냐고 하시네요. 지금은 그게 더 필요할 때라고……."

"……."

"솔직히 말하면 가려운 데 좀 긁어달라고 모셨는데 본전은

찾은 것 같습니다. 제가 직접 제의하면 야당 당수가 응하지 않을 수 있지만 세 전직 대통령의 공동 건의 형식을 취하면 야당에도 압박이 되거든요."

"……"

"그동안 다른 대통령에 비해 이 사람이 이 셰프를 좀 소원하게 대했을 수도 있는데 한번 도와주겠습니까?"

민규가 듣고 싶던 한마디가 나왔다.

"별말씀을… 사옹대는 언제 어떤 경우든 청와대의 만찬을 차릴 준비가 되어 있습니다."

민규가 답했다. 요리는 나라 위에 서지 않는다. 정통 숙수를 자부한다면 무엇보다 왕에게 도움이 되는 일을 즐겁게 받아들여야 했다.

"고맙소."

대통령이 웃었다.

청와대를 나올 때쯤 비는 그쳐 있었다.

고개를 드니 광화문 세종대왕상 위 하늘에 선 무지개가 보였다. 좋은 징조였을까? 제1야당과 대통령의 영수 회담은 성사가 되었다. 다음 날 나간 보도가 그 증명이었다.

[전직 대통령 빈대떡 만찬, 국민 대통합 위해 여야 영수 회담 전격 제의]

보너스도 있었으니 부부 동반이었다. 앙금이 깊은 여야였기에 우선은 만나는 게 급선무. 조금 부드러운 분위기를 내려는 청와대였다.

여론은 윤상운의 편이었다. 세 대통령의 의견을 받아들인 대통령. 그렇다 보니 야당 당수도 회동에 응답을 했다. 추가로 부인들은 배석하지 않는 게 좋겠다는 설이 오갔지만 결국 동반으로 결정이 되었다. 다만 부인들은 따로 다과 담론을 나누는 것으로 정리가 되었다.

"석찬입니다. 이 셰프님만 믿습니다."

대통령이 직접 전화를 해왔다. 이 또한 이 정권에서는 흔치 않은 일이었다.

이번에도 장소는 청와대였다. 대통령과 야당 당수가 만나는 자리니 사옹대보다 청와대가 낫다는 판단이었다. 메뉴에 대한 의견을 물어왔다. 옵션은 단 하나, 서민적이었으면 좋겠다는 것뿐이었다.

"삼겹살이 어떨까요?"

민규가 의견을 냈다. 대통령은 잡식이라 관계없으니 야당 당수를 먼저 고려했다. 그는 水형이니 돼지고기가 알맞았다. 삼겹살은 누가 뭐래도 국민 음식이다. 국산이라면 결코 싼 편에 속하지 않지만 서민적인 분위기 연출에 무리가 될 리 없었다.

"좋습니다."

청와대가 콜을 받았다. 야당 측에서도 문제없다는 반응을 보내왔다. 삼겹살 회동은 그렇게 성사가 되었다.

'까짓것.'

민규도 가벼운 마음이었다. 이번 정부에 요리 공헌을 할 찬 스였던 것. 이때까지만 해도 영수 회담의 만찬에는 아무 문제 가 없었다.

"삼겹살요리!"

오후의 쉬는 시간, 민규가 주방에 화두를 던져놓았다. 사옹 대에서는 익숙한 풍경이었다. 민규가 화두를 던지면 수련 셰 프들이 궁리를 한다. 이제는 피아비를 포함해 세 명이었다. 피 아비의 눈동자가 가장 초롱거렸다.

"와인에 재웠다가 구우면 어떨까요?"

"이스랏나무를 이용한 수육이 좋을 것 같습니다."

두 수련 셰프가 답했다.

"피아비는?"

민규가 피아비를 바라보았다. 새로 합류했기에, 다른 나라 사람이기에, 그런 이유 따위는 허용하지 않았다. 사옹대에 들 어온 이상 희노애락을 함께해야 할 각오가 필요했다.

"고기에 이스랏나무를 저며 넣고 연잎이나 대나무잎에 싼 후에 황토로 구워내면 어떨까요?"

그녀가 말하자 두 수련 셰프가 돌아보았다. 얼굴은 캄보디 아 사람이지만 그녀의 요리 마인드는 토종보다 더 토종 쪽이었다.

"이스랏나무도 알아?"

"네, 산앵두나무입니다."

피아비의 대답은 거침이 없었다.

"왜 넣는지도?"

"질긴 고기를 연하고 부드럽게 만들어줍니다. 만약 불을 때게 된다면 뽕나무가 알맞습니다. 마침 구매 품목에도 들어 있더군요."

"……"

두 수련 셰프가 혀를 내둘렀다. 그들도 물론 그 정도는 알고 있었다. 그러나 말하는 사람이 피아비이다 보니 놀라지 않을 수 없었다.

"좋아. 그럼 돼지고기가 속하는 체질은?"

"水형입니다."

대답은 두 수련 셰프에게 나왔다. 피아비는 체질 노트를 보고 있었다. 걱정하지 않았다. 저토록 전투적인 그녀라면 머잖아 익숙해질 일로 보였다.

"그 돼지고기와 잘 어울리는 장이 있을 텐데?"

"아, 맥적!"

수련 셰프 하나가 목 트인 소리를 냈다. 머릿속에서 긴가민가 떠돌고 있었던 모양이다.

"그럼 맥적 개시. 오늘 식사는 맥적이야."

민규가 마무리를 했다. 세 수련 셰프가 바빠졌다.

"피아비 대단한데요?"

재희가 중얼거렸다.

"그렇지?"

"역시 셰프님이세요."

"내가 뭘? 생존 분투를 한 건 피아비지 내가 아니야."

"생존 분투라고요?"

"대학에서 순혈주의 피해를 좀 본 모양이야. 많은 경우 포기하거나 자책, 혹은 원망하는 경우가 많은데 피아비는 그걸 넘은 거 같아."

"좋은 부모님을 두었잖아요. 셰프님 말씀이 인성이 된 부모와 좋은 스승을 가진 사람은 결코 엇나가지 않는다고."

"재희도 마찬가지. 좋은 부모님을 두었잖아?"

"좋은 사부님은요?"

"하긴, 내가 그렇게 나쁜 사부는 아니지?"

도란거리는 사이에 맥적이 나왔다. 셋 다 모양은 비슷. 가장 느리게 완성한 건 피아비였다.

"먹자."

맥적 옆에는 하르르 김을 뿜는 흰쌀밥이 놓였다. 맥적은 단짠의 조화가 기본이다. 고추장이 아니라 된장을 발라서 구워 내기 때문.

첫 맥적에는 매실액이 들어갔고 두 번째는 생강조청이 들어갔다. 세 번째는 피아비의 것이었으니 양파를 더한 것이었다.

"생강조청은 누구 작품?"

민규가 묻자 가운데 수련 셰프가 손을 들었다.

"금생수(金生水)?"

"예, 수형이라면 신장이니 금형에 속하는 매운맛이 서로 시너지를 내기 때문입니다."

"좋아. 돼지고기도 수형, 된장도 수형. 매운맛의 생강조청이 들어가니 한결 부드러워졌어."

"고맙습니다."

"이번 영수 회담에 쓸 맥적 된장장 맡아줘. 아, 매실을 조금 넣으면 고기도 부드러워지고 신맛이니, 짠맛의 내력을 살려주는 데 도움이 될 거야."

"알겠습니다."

대답과 함께 식사가 개시되었다. 삼인삼색의 맥적. 자연스럽게 서로 공부하는 기회로 삼는 민규였다.

삼겹살 여야 영수 회담.

제주산 흑돼지 삼겹살에 더해 25년 묵은 된장소스 준비를 마쳤다. 납설수를 몇 방울 더한 소스는 맛이 깊은 양념이 되었다. 곁들임으로는 곰보버섯과 살구버섯을 준비했다. 황창동이 헐값에 대물(?)을 구해 왔으니 서양에서는 송로버섯의 존엄에 버금간다는 샹트렐과 모렐. 한국에 자생하는 이 버섯들은 잡버섯으로 헐값에 팔리니 서민풍의 삼겹살 회동에 맞춤한 아이템이었다.

"야당 대표께서 들어오십니다."

청와대 주방 직원이 들어왔다. 민규가 숯불에 불을 살렸다. 청와대 주방이라고 숯불 쓰지 말라는 법은 없다.

연근과 마, 당근, 자색고구마 등과 2가지 초자연수를 들고 귀빈들을 맞았다.

"어이쿠, 이 셰프님을 여기서 뵙는군요."

야당 대표가 인사를 해왔다. 그도 민규와 구면이었다.

그의 머리와 가슴에 희미한 혼탁이 보였다. 몇 달 전 마지막으로 보았을 때는 없던 문제였다. 이래저래 독대의 분위기는 밝지 않았다.

"삼겹살 준비해 올리겠습니다."

약수와 말린 과일을 세팅하고 나와 영부인과 권 여사의 다과를 챙겼다. 다과는 홍산자, 백산자에 유자단자, 쑥단자에 약선 석류차로 꾸몄다. 그걸 들고 들어간 민규. 그 방의 분위기도 그리 좋지는 않았다. 다과를 내려놓다가 야당 대표의 부인 권 여사와 시선이 맞았다.

"……!"

민규의 미간이 파르르 떨렸다. 부인 동반 영수 회담이 왜 쉽지 않게 결정되었는지를 알게 된 것이다.

'이거였군.'

민규 등골에 식은땀이 맺혔다. 권 여사, 그녀에게 문제가 있었다.

그러니까 이 영수 회담의 키는 야당 대표의 부인인 권 여사가 쥐고 있는 셈이었다.

10. 가려운 데 긁어주는 삼겹살 맥적

가화만사성.

남아일언중천금, 남녀칠세부동석이니 하는 말처럼 케케묵은 말이었다. 그러나 그 의미만은 인간이 살아가는 한 진리로 작용할 것이니 주변을 둘러싼 인간관계가 원만하지 않고는 큰 일을 도모하기 힘든 까닭이었다.

야당 대표도 그랬다. 그의 정치 생활은 청렴해 보였다. 그렇기에 지난 총선에서도 여당에 필적하는 좋은 결과를 얻었다. 현재의 페이스라면 차기 정권은 그가 잡을 가능성이 높았다. 그러나 그도 주춤거렸으니, 특히 최근의 행보가 그랬다. 정부 여당과의 관계에 지나치게 각을 세우면서 지지도가 주춤거리고 있는 것. 민규에게는 그 원인이 권 여사에게서 비롯된 것으로 보였다.

'광증의 전조…….'

민규는 그 전조를 리딩할 수 있었다. 삼초가 바짝 가물었으니 언제든 발화 직전. 가슴에 쌓인 덩어리가 폭발하면 바로 광증이 될 판이었다. 권 여사의 가슴에 돌이 되는 원인. 무엇일까?

십중팔구는 남편일 테니 그 원인은 야당 대표에게 있었다. 야당의 당수가 되면서 차기 정권 후보로 부각된 야당 대표 이보승. 정치에 골몰하다 보니 아내에게 갱년기가 온 것도 몰랐다. 아내는 아내대로 참았다. 남편의 영예를 위해서였다. 그러다 시부모님이 다녀간 날에 삼초가 달아오르게 되었다.

"그래 가지고 영부인이 되겠느냐?"

자신의 생일조차 잊어버린 이보승에게 서운한 감정을 토로하던 날, 하필이면 시부모님이 행차를 하게 되었다. 꼼짝없이 못된 며느리 취급을 받게 된 권 여사였다.

그날 밤, 이보승이 대충 미안한 마음을 전했다.

"당신이 이해해. 내가 워낙 바쁘다 보니……."

대략이나마 사과를 받으니 넘어가기로 했다. 그녀가 이보승의 손을 잡았다. 사과가 나온 판이니 오랫동안 소원했던 관계를 맺어 응어리를 풀 생각이었다.

"그냥 자, 피곤해."

그러나 이보승, 아내의 손을 뿌리쳐 버렸다. 삼초에 조금 남은 한 방울 물마저 바짝 말라 버리는 순간, 벌떡 일어난 권 여사가 남편 얼굴에 베개를 집어 던졌다.

"당신, 왜 이래?"

남편이 일어나자 베개가 또 날아왔다. 이보승은 난생 처음 보는 아내의 광기였다. 갱년기 무서운 줄 모르던 이보승이었으니 자충수와 다르지 않았다.

뭐든 처음이 어렵다.

내력 있는 집안에 들어와 사명을 다했던 권 여사. 남편이 잘나가니 꾹 참고 살았지만 그녀에게 남은 건 상실감과 주름살뿐이었다.

이날부터 그녀의 감정에 격한 기복이 생겼다. 잠을 제대로 자지 못했고 눈은 날마다 충혈되었다. 감정 폭발도 잦아졌다. 공개 석상에서는 남편을 위해 웃지만 단둘이 있을 때면 폭풍바가지 시전을 그치지 않은 것. 야당 대표는 누가 볼까 두려웠다. 그러나 공인이 된 그의 사생활은 제대로 보장되지 않았으니 측근들이 시작이었다. 측근들이 권 여사의 눈치를 보기 시작했다.

이번 영수 회담도 그랬다. 청와대의 공개 제의가 문제였다.

부부 동반!

권 여사도 그 뉴스와 신문을 보았다. 이보승과 측근들이 부부 동반을 꺼리는 눈치를 보이자 권 여사가 먼저 폭발했다.

내가 그렇게 창피해요?

그럼 뭣 하러 같이 살아요?

그 말이 뜨거운 감자가 되었다. 그대로 부부 동반을 파기하면 두고두고 시달릴 일. 결국 언행 자제를 다짐받고 부부 동반으로 수습한 이보승이었다.

광증.

정신에 문제가 생기는 병이다. 고함을 지르고 과격한 행동도 한다. 심하면 흥분해 옷을 벗어 던지기도 하고 악을 써 노래도 부른다. 눈이 충혈되는가 하면 자주 놀라는 행동도 나온다. 그러나 다행히 아직 광증까지 가지는 않았다.

'전조 단계……'

이보승과 권 여사는 운이 좋은 편이었다. 만약 권 여사가 광증으로 가면 그의 정치생명에도 부정적으로 작용할 수 있었다. 그러니 병원 신세를 지기 전에 민규를 만난 건 행운. 반대로 민규도 그랬다. 여야 영수 회담의 분위기를 극적으로 전환시킬 수 있는 일이었던 것.

"엇!"

찻잔을 놓던 민규가 흠칫거렸다. 살짝 흔들리는 척 찻물을 조금 흘린 민규였다.

"죄송합니다. 차는 다시 준비해 오겠습니다. 그 전에 약수를 마시고 계시지요."

민규가 초자연수를 소환했다. 약수를 주기 위해 일부러 찻

물을 흘리는 연출을 한 것이다.

"얼굴이 예뻐지고 피부가 고와지는 추로수입니다. 요즘 잘 나가는 연예인들도 빼놓지 않고 마시는 약수입니다."

쪼르륵!

긴 설명과 함께 초자연수를 따랐다. 사실은 정화수와 열탕을 한 잔씩 주고 나가려던 민규. 급 방향을 틀었다. 남녀 공히 나이 든 사람에게는 뭐니 뭐니 해도 얼굴과 피부. 영부인이거나 야당 당수의 부인이라 해도 무관심하기 힘든 말이었다.

"드세요. 예뻐진다잖아요? 저도 몇 달 전 만찬장에서 마셔 봤는데 정말 다르더라고요. 체면상 더 달라고 하기도 뭣했는데……."

영부인의 호응이 나왔다.

잔이 비워졌다. 야당 당수 부인의 몸에 번져가는 활기가 보였다. 그녀의 컵에 들어간 물은 추로수만이 아니었다. 딱딱한 분위기를 보아하니 물을 많이 마시지도 않을 일. 그렇기에 방제수에 천리수와 냉천수까지 복합으로 소환하는 민규였다.

"한 모금만 더 드시죠."

마지막으로 정화수 한 모금을 더 소환해 주었다. 광중은 양중이니 음을 보하는 정화수로써 쐐기를 박는 민규였다.

"실수한 죄로 조금 더 좋은 차로 바꾸었습니다. 건강에 좋은 약재를 더했으니 편안히 즐기시기 바랍니다."

그 뒤에 내려놓은 건 국화차였다. 그러나 두 차의 내용이 달랐으니 권 여사의 차에는 '조등산'을 구성하는 약재 복령이 첨가되었다. 이는 광증에 처방하는 삼황사심탕을 참고한 것으로 체력이 떨어지는 사람에게는 조등산이 오히려 나았다. 국화를 제외하면 조등산에 들어가는 약재는 하나밖에 쓰지 않았지만 상지수의 위엄이 선약의 효과를 높여주었다.

"아휴, 국화차가 정말 시원하네요. 몸도 마음도 가뜬해지는 것 같으니… 왜 다들 이 셰프님, 이 셰프님 하는지 알 것 같아요."

권 여사는 눈을 감은 채 약의 부드러운 손길을 만끽했다.

"한 잔 더 하시죠."

이번에도 두 잔이었다. 맛이 몸에 맞으니 거절하지 않았다. 그러자 그녀의 몸이 몰라보게 시원해졌다. 머리와 가슴에 맺혔던 응어리의 혼탁이 엷어지기 시작한 것.

"고마워요, 이 셰프님, 그리고 영부인님. 이런 자리를 마련해 주셔서……."

인사말이 분위기 개선의 신호탄이었다. 하하핫, 호호홋, 웃음소리도 자연스럽게 높아졌다. 민규의 첫 포석은 성공. 이제는 본편에 착수할 단계였다.

"기왕이면 삼겹살도 부부 회동으로 함께하시면 좋을 텐데……."

민규가 슬쩍 떡밥을 던졌다.

"아유, 국사를 논하는 자리인데요."

권 여사가 화답한다.

"국사는 삼겹살 먹고 논하면 안 된답니까? 남자들 무게 잡는 거는 밖이나 청와대나 하나도 다르지 않다니까요."

"그럼 우리도 셰프님에게 삼겹살을 부탁할까요?"

"여사님도 삼겹살 좋아하세요?"

"우리 저이가 삼겹살 애호가잖아요? 미우나 고우나 같이 살다 보니 식성도 따라가게 되었습니다."

"그럼 우리도 진짜 한판 벌여요? 되겠어요?"

영부인이 민규를 바라보았다.

"문제없습니다. 제가 체크를 하고 오죠."

"아유, 괜히 이 셰프님 번거롭게 하는 건 아닌가 모르겠네."

영부인의 말을 들으며 복도로 나왔다. 2단계도 성공이었다.

"약수를 조금 더 드릴까요?"

대통령과 이보승의 독대 방에 들른 민규가 물었다.

"그러면 좋지요."

이보승이 말했다. 다소 껄끄러운 사이다 보니 물만 마셨다. 잔은 다 비고 없었다.

"영부인과 권 여사님에게 차를 챙겨 드리고 오는 길입니다. 분위기가 정말 좋던데요?"

"그래요?"

이보승이 시선을 세웠다. 그저 문제가 일어나지 않기를 바라던 마음. 분위기가 좋다니 믿기지 않는 것이다.

"보십시오. 웃음소리가 그치지 않질 않습니까?"

민규가 복도를 가리켰다. 정말 두 여자의 웃음소리가 낭랑했다.

"허헛, 청와대가 좋긴 좋은 모양이군요. 우리 권 여사가 저렇게 좋아하다니……."

"두 분은 지금 대통령님과 대표님을 테이블 놓고 흉을 보고 계십니다. 여기까지 와서 두 분만 따로 삼겹살을 먹는다고… 같이 먹었으면 하는 의향이시더군요."

"그럼 같이 먹을까요?"

대통령이 대표를 바라보았다. 민규가 슬쩍 한마디를 거들었다.

"알고 보니 권 여사님도 삼겹살을 좋아한다더군요."

"……?"

민규와 대통령, 약속한 적은 없지만 죽이 잘 맞았다. 게다가 권 여사의 웃음소리도 계속 이어졌다. 이보승이 들으니 예의상 나오는 웃음이 아니었다.

"이 셰프님이 특별한 약수라도 준 게요?"

이보승이 물었다.

"나이 들면 다들 머리와 가슴이 개운하지 않지 않습니까? 저쪽 두 분도 예외는 아니길래 머리가 맑아지는 약수를 체질에 맞춰 드렸습니다."

"……."

"기왕이면 같이 드시지요. 그게 좋지 않겠습니까?"

민규가 한 번 더 권유했다. 이보승은 결국 합석을 수락하고 말았다.

부부 삼겹살 만찬.

"재희, 삼겹살 4인분으로 출발한다."

주방에 들어서며 민규가 외쳤다.

"네? 2인분 아니고요?"

"영부인과 여사님도 합석하기로 했어."

도마 앞에서 민규가 환하게 웃었다.

"알겠습니다."

재희의 손놀림이 빨라졌다. 2인분에서 4인분으로. 초짜 때라면 허둥댈 일이지만 재희도 이제는 능숙한 일에 불과했다.

생강조청에 매실청이 들어간 삼겹살 된장구이 맥적.

자글자글.

숯불 위에서 잘도 익어갔다.

그런데… 된장구이가 정말 맛있을까? 이 의문에 대한 대답은 고등어 된장구이로 대신할 수 있다. 둘 다 기름이 많은 재료들이다. 간장도 좋지만 된장은, 기름의 풍후한 맛을 더 깊게 만든다. 느끼함을 잡는 건 물론이오, 구수함에 깔끔함까지 더해주니 삼겹살의 장점은 살리고 기름진 단점은 보완해 주는 것.

"이게 궁중맥적이군요?"

청와대 주방 직원들도 호기심을 숨기지 못했다. 굽는 냄새부터 포스가 우러난 까닭이었다. 그들은 레시피를 뽑아 들고서 요리의 과정을 꼼꼼하게 체크했다. 초기에는 대통령의 안위를 위한 조치. 그러나 지금은 민규의 요리를 배워 청와대에서 재현하려는 생각이었다.

맥적의 레시피는 어젯밤 유튜브에 올려놓았다. 특별한 만찬이나 테이블을 갖게 되면 그 요리와 레시피를 올리던 민규. 더러는 생중계까지 했지만 지금은 '미리' 올리는 것으로 방법을 바꾸었다. 사람들의 궁금증을 선제적으로 충족시켜 주었으니 민규만이 할 수 있는 자신감이었다.

레시피는 만인의 것이다.

민규의 요리 철학은 결코 변하지 않았다. 천년 왕조의 궁중 요리 레시피에도 특허 따위는 걸려 있지 않았다. 거기에 뿌리를 두고 발전해 가는 민규의 요리이기에 레시피는 '당연히' 공유였다.

"후와!"

밥뚜껑이 열리자 직원들의 두 번째 감탄이 나왔다. 솥 안의 밥은 기름지기가 마치 포토샵을 한 듯한 포스였다. 밥은 대나무잎을 깔고 조금씩만 폈다. 한국 사람은 밥심이다. 고기를 먹어도 입가심 정도로 밥을 먹어야 개운한 것이다.

"삼겹살 나왔습니다."

첫 접시가 두 쌍 부부의 테이블에 올라갔다. 의자는 네 개로 늘어나 있었다. 사람이 많으면 먹는 양도 늘어난다. 민규의 경험이었다. 딱딱하던 분위기도 맛깔스러운 삼겹살 냄새를 따라 한결 좋아졌다. 대통령이 권 여사에게 막걸리를 따르고, 이보승도 영부인에게 한 잔을 올렸다.

"건배해야죠?"

영부인이 말했다.

"건배 제창은 권 여사님이 하시죠."

대통령이 권 여사를 바라보았다.

"아유, 제가 어떻게……."

"괜찮습니다. 우리끼리 먹으려던 벌이니 부디 무례를 받아주세요."

"그렇게 말씀하시면……."

"하구려. 이럴 때 대통령 한번 눌러봐야지 언제 눌러보겠어요?"

이보승도 분위기에 동참을 했다. 얼굴을 붉힌 권 여사, 결국 건배사를 하게 되었다. 삼겹살 두 접시가 뚝딱 비워졌다. 이보승은 권하고 권 여사는 먹었다. 대통령도 마찬가지였다.

"아유, 두 분과 날마다 식사해야겠어요. 두 분이 오시니 저도 대접받네요."

"진짜예요? 저 눈치가 없어서 날마다 올지도 몰라요."

영부인을 따라 권 여사의 목소리도 조금씩 맑아졌다.

자글자글!

된장소스에 재워둔 삼겹살이 줄어드는 만큼 영수 회담의 분위기는 올라가고 있었다. 이따금 심심풀이로 먹어주는 밥 맛 또한 고기 맛을 배가시켰다. 고슬한 밥은 밥에 불과하지만 그 자체로 하나의 단품 요리에 버금가고 있었다.

"셰프님은 밥부터 차원이 다르군요."

대통령이 덕담으로 치하를 보냈다.

"밥을 잘 짓는 것은 저뿐만이 아니라 한국인이 가지고 있는 자랑스러운 유전자입니다. 이는 청대부터 공인된 것이니 그때 의 서적 반유십이합설(飯有十二合說)을 보면 '조선 사람들이 밥 짓기를 잘하며 밥알에는 윤기가 있고 부드러우며 향긋하고 기 름지다'라는 말이 나옵니다. 그런 자부심은 조선의 옹희잡지 에도 나오니 우리나라의 밥 짓기는 천하에 이름난 것이라 하 고 있을 정도입니다."

민규가 설명했다.

"왜 아니겠습니까? 하지만 셰프님이 우리에게 퍼 준 밥이 각각 다르니 하는 말입니다. 따로 한 것도 아닐 것 아닙니 까?"

대통령이 옆의 밥을 돌아보았다. 네 사람의 밥은 모두 달랐 으니 체질에 맞추었다. 그러나 밥솥은 하나였다.

"한 솥에 지은 것은 맞지만 이 또한 과거 선조들의 고조리 서에 나오는 이야기입니다. 쌀을 안칠 때 앞은 높게, 뒤는 낮 게 물을 부으면 낮은 쪽은 진밥이 되고 높은 쪽은 된밥이 되는 것이니 솥 하나도 쌀을 어떻게 품느냐에 따라 다른 밥을 지어내게 되는 것입니다."

민규의 설명은 영수 회담의 성격을 둘러대고 있었으니 두 사람의 마음먹기에 따라 다른 밥(?)을 지을 수 있다는 암시이기도 했다.

그 뜻을 읽어준 걸까? 이날의 영수 회담은 협치의 물꼬를 트는 데 결정적인 계기를 마련했다. 대통령은 야당의 요구 조건 일부를 수용하고 여당은 국회에서의 협력을 끌어낸 것이다. 소탈한 접근답게 여론의 평가도 좋았으니 양자 공히 플러스가 되는 만남이었다.

"우리 이보승 대표께서 유인우주선 발사 현장에 참석해 주시기로 하셨습니다. 셰프님에게도 초청장을 보내겠습니다."

독대 후, 기자회견까지 마친 대통령이 민규에게 말했다. 독대가 바람직하게 끝났다는 뜻이었다.

"대표님."

대통령이 멀어지자 민규가 이보승에게 다가갔다.

"아, 이 셰프님, 오늘 진짜 귀한 삼겹살 먹었습니다."

이보승은 또 한 번 치사를 했다.

"별말씀을……."

"아니에요. 내가 제주 흑돼지부터 재래식 똥돼지까지 다 먹어봤는데 이런 맛은 처음이었습니다. 어쩌면 이 사람에게 정치 요리를 일깨워 준 것도 같고요."

"정치 요리요?"

"맛이라는 게 같은 재료와 레시피라도 셰프의 능력에 따라 바뀌지 않습니까? 정치도 이 셰프님처럼 능수능란하게 하라는 맛의 메시지랄까요? 덕분에 오늘 대통령과 여러 유의미한 협력을 이끌어낸 것 같습니다."

"맥적은 조금 다르게 접근한 요리법일 뿐입니다. 늘 대하던 것들은 소홀하게 생각하기 쉬운데 사실은 그것들이 소중한 것이죠. 삼겹살의 요리법은 앞으로도 계속 발전해 나갈 겁니다."

"늘 대하던 것들은 소홀하기 쉽다? 백번 공감하는 말이오."

"그 실천으로 난치병을 고친 이야기를 좀 드려도 될까요?"

"그야 말씀이라고……."

"혹시 조선의 마지막 의원이랄 수 있는 이제마를 아십니까?"

"사상 체질을 주창한 의원이 아니오?"

"맞습니다. 그분이 명처방을 하나 낸 적이 있는데 스트레스가 심해 짜증이 극에 달하고 더러는 혼잣말도 일삼던 아내와 남편의 이야기입니다."

"……."

"이제마가 고종에게서 진해 현감직을 받아 수행하던 때였습니다. 하루는 광증에 걸린 처자에게 처방을 주고 돌아오는 길이었는데 마을이 떠나가도록 부부 싸움을 하는 부부를 발견하게 되었습니다. 이제마가 보니 시어머니의 등쌀과 남편의 냉대에 마음이 상한 아낙의 스트레스가 극에 달해 광증에 가까웠으니 마음을 안정시키는 소환단을 먹이고 남편을 따로 불렀습니다."

"……"

"아낙의 스트레스는 심화 때문이었으니 이제마는 그 처방을 남편에게 내렸습니다. 네 아내가 좋아지기를 바란다면 따뜻하게 안아주고 자주 상합을 하여 마음속의 한기를 쫓아내거라. 그리하면 네 가정이 화평할 것이다."

"……?"

"그럼 저는 이만……."

말을 마친 민규가 돌아섰다. 상합은 부부관계를 뜻하는 말이었다. 야당 대표에게 차마 대놓고 말할 수 없었던 민규, 이제마의 일화를 빌어 설명을 한 것이다.

부릉!

이보승의 차에 시동이 걸렸다. 저만치 먼저 나가는 민규 차가 보였다.

'네 아내가 좋아지기를 바란다면…….'

민규가 말해준 이제마의 일화가 가슴속으로 들어왔다. 슬쩍 아내를 보았다. 그렇게 밝던 얼굴, 그러나 자신과 같은 공간에 있게 되자 다시 굳어버렸다. 아내의 손이 보였다. 연애 때는 그렇게도 잡고 싶던 손. 그러나 함께 살게 되면서 손의

따스함을 잊어버린 지 오래였다.

'내 얘기였군.'

그제야 이보승은 민규의 깊은 속을 알아차렸다. 출렁, 우회
전을 하자 뒷좌석 안쪽의 아내가 자기 쪽으로 기울었다. 그때
를 틈타 슬그머니 아내의 손을 잡았다. 아내는 놀랐지만 손은
놓지 않았다. 아니, 아예 아내 쪽으로 어깨를 기대 버렸다.

"이이가……."

아내는 눈을 흘기면서도 그 어깨를 받아주었다. 함께 살면
서 자꾸 어색해지던 아내와의 교감. 해보니 맥적의 된장 맛이
났다. 안 어울릴 것 같지만 기막히게 어울리는 것이다.

"셰프님."

조수석의 재희가 백미러를 가리켰다. 민규가 돌아보니 뒤에
이보승의 차가 보였다. 이보승이 열린 차창으로 손을 흔들고
있었다. 부창부수라더니 권 여사의 손도 반대편 창으로 보였
다.

"성공이네."

민규가 웃었다.

"성공이라고요? 뭐가요?"

"오늘 맥적 회동."

"대성공 아니었어요?"

"저기 두 분이 흔드는 손이 진짜 성공의 징표야. 이제야 마
음이 놓이네."

민규 표정이 한층 밝아졌다. 대통령도 살리고 차기 대통령감도 살린 착한 삼겹살, 맥적. 그 맥적이 우주선 조종간을 잡고 먼 우주로 날아가는 것만 같았다.

11. 우주인과 기사회생요리

　　루이스 번하드가 다녀갔다. 미국과 프랑스의 미식가 그룹과 함께였다. 민규가 추천한 요리는 산야초초밥이었다. 마침 좋은 산나물과 산야초가 올라온 날이었다. 부각 또한 넉넉했으니 이번 미식 방문단은 행운인 셈이었다.

　　"시식!"

　　생나물과 날 선 칼로 자른 나물을 수련 셰프들에게 구분하도록 했다.

　　아삭!

　　우물!

　　열심히들 맛을 본다. 피아비도 그랬다. 그러나 그녀는 큰 차이를 찾아내지 못했다. 다른 수련 셰프들도 몇 달은 그랬다. 미식가가 아니고서야 두 맛의 차이를 느끼는 건 어려운 일이었다. 민규가 씨익 웃자 그게 신호가 되었다. 수련 셰프 하나가 두 나물의 즙을 냈다. 손으로 다듬고 자른 나물과 칼로 다듬고 썰어낸 나물의 즙.

어떻게 다를까?

"……!"

두 즙을 재료로 만든 요리를 맛본 피아비. 그제야 차이를 느꼈다. 칼을 주로 쓴 나물에서는 쓴맛이 강했다. 산나물의 아련한 향도 사납게 미뢰를 후려쳤다.

"셰프님."

그녀가 민규를 바라보았다.

"말로만 아는 것과 몸으로 아는 건 다른 거거든."

민규가 웃었다. 작은 차이지만 본질적이라면 반드시 짚고 넘어가는 민규. 그의 사용대에서 배우고 간 셰프들이, 그가 직접 가르친 수련 셰프들이 왜 훌륭한 셰프로 발돋움하는지 알 것 같았다.

마음을 다해 배울 거야.

피아비의 각오는 민규의 요리의 품격만큼이나 높아졌다.

산야초 샐러드의 소스에도 조금 특별한 것들을 썼다. 풍당이다. 경칩에 채취한 박달나무와 다래덩굴의 수액이었다. 행운도 겹친다더니 이래저래 루이스 번하드에게는 좋은 일이 아닐 수 없었다.

산야초초밥은 그와의 첫 인연이었다. 그것만 보면 약선요리 대회가 생각난다. 그때 루이스 번하드를 만났다. 그의 아름다운 성정이 없었더라면 오늘의 민규는 조금 늦게 만들어졌을 수도 있었다. 샐러드 위에 새벽에 채취한 솔잎을 뿌렸다. 솔잎 생식? 당연히 문제없다. 완성된 참나물 소스를 뿌리니 샐러드는 작은 숲으로 변했다. 자연스레 나지 않은 것은 무엇도 들어가지 않은 요리. 루이스 번하드라면 더욱 맛나게 즐길 수 있는 아이템이었다.

수련 셰프들도 평가받을 수 있는 기회를 주었다. 그들의 창작 산야초초밥 세 개였다.

"재료와 밥알의 조화, 고추냉이 대신 넣은 맛의 강조가 인상적입니다. 다시 먹고 싶은 요리군요."

루이스 번하드가 웃었다.

꾸벅!

인사를 하고 돌아선 세 수련 셰프들은 조리대 뒤에서 전율의 눈물을 흘렸다. 보통 셰프라면 평생 보기조차 힘든 미식의 왕 루이스 번하드. 민규 앞이라고 해서 입에 발린 인사말을 하는 사람이 아니었다. 마치 미식 분석기처럼 혀가 느끼는 대로 쏟아내는 사람. 그의 평가가 좋았으니 그보다 행복한 일이 없는 것이다.

'좋은 때지.'

민규는 모른 척 비켜 갔다. 저 감동은 셰프의 평생 밑천이 된다. 자부심이 된다. 그들은 모르지만 그것 또한 민규 스타일의 수련 과정이었다. 높이 날고 싶은 셰프라면 격찬도, 비난도, 다 감수할 준비가 되어 있어야 했다.

"어떻습니까?"

식사가 끝난 후에 민규가 미식가들에게 물었다.

"우리가 숲이 된 것 같습니다."

미식가들이 입을 모았다. 아름다운 말이니 민규도 덩달아 숲이 되는 것만 같았다.

"곧 유럽에 오시지요?"

정원을 안내하던 길에 루이스 번하드가 물었다.

"예."

민규가 답했다.

"아랍 왕가 연합 만찬 전입니까?"

"직후입니다."

"그러면 셰프께서 너무 힘들지 않습니까?"

"아뇨. 생각해 보니 두 지역 왕가들 만찬을 앞뒤로 진행하면 모금이 더 많이 될 것 같아서요."

"뭐 그렇긴 합니다만……."

루이스가 어깨를 으쓱해 보였다. 아랍 왕가들의 연합 만찬은 아프리카 어린이들을 돕기 위한 성격이 강했다. 거기서 아랍 왕가들의 지원금을 받아내 아프리카에 기부할 생각이었다.

그 와중에 유럽 왕가에서도 만찬 요청이 들어왔다. 종규도 시차를 두고 가자는 의견을 냈지만 민규가 수용했다. 요리사가 요리를 마다할 필요는 없었다. 더구나 이런 대박 만찬은 세계적으로 알려지게 마련. 아랍 왕가와 유럽 왕가들의 기부금 경쟁을 촉발할 수도 있었다.

다른 측면으로는 민규 자체였다. 왕가들만 기부금 경쟁을 하는 게 아니라 민규도 두 만찬에 대한 만족도를 궁리해야 했다. 그렇다면 긴장을 이어가는 게 좋기에 내린 결정이었다.

"그럼 아프리카에서 뵙겠습니다."

루이스 번하드와 미식가들은 그렇게 떠나갔다.

[아프리카에 희망을 쏠 국보 셰프의 왕가 만찬]

[이민규 셰프, 두 대륙 왕조 동시 만찬으로 사상 최고의 지원금 모금 카운트다운 돌입]

방송이 들끓기 시작했다. 그것 외에도 또 들끓는 것이 있었다.

[유사 이래 첫 유인우주선 발사 카운트다운 열흘 전]

[우주 강국 한국, 마침내 눈앞에 다가오다.]

우주선 발사 소식이었다. 이제 열흘이 남았으니 분위기는 슬슬 그쪽으로 달려갔다.

그 월요일, 민규는 가족과 시간을 보냈다. 오전은 수영장이었다. 호텔 옥상에 딸린 수영장은 민규의 독차지였다. 호텔은 김순애의 친구 석경미의 소유. 새 호텔을 지은 그녀가 특별히 민규를 초청해 스위트룸을 내준 것.

"아빠!"

튜브를 탄 하니가 물장구를 치며 다가왔다. 남예슬은 그 뒤에 붙어 있다. 작은 미끄럼틀도 있었으니 아이와 함께 놀기에는 딱이었다.

공을 하니에게 던진다. 하니가 받아 민규에게 던진다. 하니의 공은 날아오지 않는다. 어쩌다 날아간다고 해도 방향이 제멋대로다. 앞으로도 가고 뒤로도 간다.

까르르, 까르르!

하니의 웃음은 그치지 않는다.

하핫, 아하핫!

민규와 남예슬의 웃음도 덩달아 높아진다.

"셰프님."

석경미가 직접 냉커피와 아이스크림을 내왔다.

"아유, 사장님이 직접 가져오시면 황송해서……."

남예슬이 쟁반을 받았다.

"아니면요? 이렇게 유명하신 분들이 와서 첫 숙박을 빛내주셨는데요. 생각 같아서는 저도 수영복 입고 풀 안에서도 시중들고 싶은데 몸매가 워낙……."

"몸매가 어때서요? 사장님 몸매면 30대예요."

"그거야 이 셰프님 약수 덕이지만 예슬 씨에 비하면……."

석경미가 얼굴을 붉혔다. 대한민국 최고 스타 남예슬. 이제는 30대에 입문하고 출산까지 했지만 20대의 팽팽한 몸매를 자랑하고 있었다.

"뭐 저도 이이 덕분이에요."

남예슬의 미소가 민규를 향했다.

"아빠, 아!"

아이스크림을 떠먹던 하니가 숟가락을 내밀었다. 민규가 입을 벌리지만 아이스크림은 조준을 빗나가며 볼에 닿았다. 그걸 제대로 받아먹으려니 아이스크림이 흘러내렸다. 재빨리 손으로 받아 빨아 먹는 민규.

"아유, 셰프님도 저럴 때가 다 있네?"

석경미가 웃었다.

"죄송합니다. 손님 요리는 손 위생을 조심하니 걱정하지 마세요."

"보기 좋아서 그래요. 딸 바보의 헐렁한 모습… 인간적이잖아요."

"어, 그럼 제가 인간적이지 않았나요?"

"당연하죠. 사람이면 그렇게 맛난 요리를 할 수 있겠어요?"

석경미가 눈을 흘겼다. 수영장 물처럼 애정이 넘치는 눈빛이었다.

"하니, 사장님께 뽀뽀."

수영을 마치고 석경미에게 답례를 했다.

쪽!

당차게 걸어간 하니, 석경미가 뽀뽀 각도를 맞춰주자 소리가 나도록 격한(?) 뽀뽀를 날렸다.

"아우, 뽀뽀도 셰프님처럼 달콤하네. 내 딸 삼았으면 좋겠다."

석경미가 하니를 안아 들었다. 동시에 남예슬의 얼굴에 행복의 살굿빛이 번져갔다. 부모는 단순하다. 누가 아이들 칭찬을 해주면 밥을 굶어도 행복하다. 민규도 남예슬도 다르지 않았다.

점심 식사는 집에서 하기로 했다. 장은 돌아가는 길에 보았다. 민규와 남예슬이 나타나면 마트가 난리가 난다. 둘 중 한 사람만 떠도 화제가 될 판에 둘. 거기다 이제는 사랑스러운 하니까지 있었다.

"사인해 주세요."

"사진 좀 찍어주세요."

당연히 팬들이 몰려왔다. 어떤 사람은 민규를 원하고, 또 어떤 사람은 남예슬을 원했다. 하지만 가장 현명한 사람은 두 가지를 다 원했다.

찰칵!

찰칵!

셔터가 터질 때마다 하니가 웃었다. 약방의 감초가 아니라 삶의 의미가 되는 하니였다.

"식사 나왔어요."

하니와 정원에서 야생화를 가꾸고 있을 때 남예슬이 호출을 했다. 하지만 남예슬이 현관문을 열었을 때는 아무도 보이지 않았다.

'뒤뜰로 갔나?'

남예슬이 집을 돌았다. 민규와 하니는 거기 없었다. 다시 정원으로 나와도, 차 안을 살펴도 보이지 않았다.

'잠깐 나갔나?'

…싶을 때 뒤에서 와, 벼락 소리가 났다.

"악!"

남예슬이 가슴을 쓸어내렸다. 민규와 하니의 뻔한 장난질이었다.

까르르, 까르르!

하니가 좋아 죽는다.

"하니, 엄마가 놀라는 게 그렇게 좋아?"

까르르!

"몰라. 하니는 아빠만 좋아하고."

까르르!

"하니, 너 정말?"

남예슬 표정이 구겨지자 민규가 하니의 등을 밀었다.

"엄마 뽀뽀!"

쪽!

정원에 청명한 소리가 울렸다. 그것으로 서운함은 끝장이었다. 어느새 하니를 안아 들고 미소 짓는 남예슬. 이러니 하니가 보석이 아닐 수 없었다.

"먹어요."

식탁 메뉴는 대나무통밥이었다. 그녀의 주특기가 된 메뉴 중 하나였다.

"왜 이 요리에 꽂혔는데?"

어느 날 민규가 물었다. 그녀의 대답은 간결했다.

"당신이 하니 삼촌을 살려낸 약선이라면서요. 이거 아니었으면 지금쯤 하니에게 삼촌이 없을지도 모르잖아요? 당신에게 유일한 혈육을 살려준 요리인데 어떻게 안 꽂혀요."

그날 이후로 민규는 대나무통밥이라면 아무리 배가 불러도 요수를 마시면서라도 남기지 않았다. 얼굴보다 마음이 예쁜 여자. 누구라도 사랑할 수밖에 없는 사람이었다.

그 화두의 종규를 만났다. 오늘은 공항 분점도 문을 닫는다. 종규의 그림자로 불리는 엔딩퀸도 몰려왔으니 오후의 이벤트 때문이었다.

장소는 말기 임종 병원이었다. 요양병원과도 달랐으니 주검이 확정된 사람들이었다. 그렇기에 가족들의 애정도 각별했다.

생전에 따뜻한 밥 한 그릇.

가족들의 생각은 다 같았다. 이 봉사는 남예슬의 제안이었다. 연예인 봉사단을 이끄는 그녀. 두 달 전에 이곳으로 봉사를 왔다가 실상을 알았다. 몇몇 보호자들이 민규 이야기를 했다.

'이 셰프님의 요리 한 그릇 드시게 하고 보냈으면……'

그날 남예슬은 얼떨결에 반수락을 했다. 그러나 바쁜 촬영 스케줄 때문에 잊고 지내던 그녀. 어느 날 일정표를 보다가 그 반약속을 떠올렸다. 병원에 전화를 해보니 돌아오는 대답이 기가 막혔다.

"돌아가셨습니다."

그곳의 환자들은 한 달을 넘기지 못한다. 그제야 알게 된 팩트였다. 그날 숱한 NG를 냈다. 집으로 돌아온 남예슬은 당연히 안색이 좋지 않았다.

"무슨 일 있어?"

민규가 묻자 그녀는 울음을 터뜨리며 민규 품에 안겼다. 죽어가는 환자를 두고 헛된 약속을 한 자신이 원망스러웠던 것.

"그럼 한번 봉사를 가면 되지."

민규의 말이 위로가 되었다. 그렇게 결정된 임종 병원 요리 봉사였다.

다다닥!

파바밧!

민규와 종규의 칼이 춤을 췄다. 남예슬과 엔딩퀸의 일곱 멤버들도 서빙의 춤을 췄다. 그중에서도 압권은 또 하니였다. 그녀도 진땀을 송골거리며 후식을 날랐던 것.

"아유, 귀여워라."

"아유, 아유, 저 애기……."

환자들의 입가에도 모처럼 미소가 돌았다. 목숨을 마감하는 그들에게도 하니의 앙증맞음은 위로가 아닐 수 없었다. 더러는 할머니들에게 음식을 먹여주기도 했다. 그 흐뭇한 광경에 가족들은 눈물을 삼키며 지켜보았다.

목숨!

그들 앞에서 잠시 겸허해졌다. 동시에 기사회생요리방을 떠올렸다. 기사회생요리방은 세 번 쓸 수 있다고 했다. 지금까지 둘을 살렸다. 하지만 마지막 하나의 카드는 남겨두고 있었다. 이제는 가족이 생겼다. 그들을 위한 예비였다. 오늘의 생각도 같았으니 삶의 끝에 도달한 사람들을 다 살려낼 수는 없었다. 게다가 그건 바람직한 일도 아닐 것 같았다.

"고맙습니다."

"감사합니다."

식사 후에 가족들이 단체로 나와 인사를 했다. 자식으로서 모두가 뿌듯한 모습이었다. 모든 환자들이 제대로 식사를 마친 것. 체질과 상태를 하나하나 읽어내고 그걸 요리해 낸 덕분이었다.

목숨!

차이가 있을 수 없었다. 그러나 때로는 조금 더 안타까운 죽음도 있다. 돌아가는 길에 들은 라디오 뉴스가 그것이었다. 민규뿐만 아니라 대한민국을 발칵 뒤집어놓은 한 사람의 죽음…….

*　　　　*　　　　*

"조금 전 우주선 발사를 앞두고 휴가를 나왔던 두 우주인 중 한 사람, 정재학 씨가 심장마비로 사망했다는 속보입니다. 정재학 씨는 한강변을 산책하던 중, 생활고를 비관해 투신하는 가족을 발견하고 뛰어들어 어린아이를 구한 후 투신자의 아빠를 구하러 재차 강물에 들어갔다가 심장마비로……."

아나운서의 멘트는 계속 이어졌다.

"한국항공우주국은 정재학 우주인을 최초 옮겨 간 광덕대의료원은 물론 국내의 저명한 의료진을 총동원하며 사력을 다했지만 결국 정재학 우주인을 소생시키지 못했다며 우주선 발사 또한 차질이 불가피하다는 발표를 내놓았습니다. 한편 국내 우주항공계에서는 러시아에서 우주선 실전 경험을 쌓은 베테랑 우주인의 비보에 대해 충격과 경악을 감추지 못하며……."

"……!"

충격과 경악.

그건 민규도 자유롭지 못했다. 우주선 발사는 민규도 유야

무야 영향을 미친 프로젝트였다. 21세기 한국이 우주항공 분야에서 새롭게 도약하는 야심 찬 국가 계획. 그렇기에 우주인 양성에도 천문학적인 예산과 노력을 기울인 정부였다.

정재학은 그 프로젝트의 선봉에 선 우주인이었다. 러시아 우주선에서 실전 경험을 쌓았다. 어떤 정부처럼 이벤트로 딸려 보낸 게 아니라 러시아 우주인들과 똑같은 임무를 수행한 베테랑급. 그렇기에 캡틴으로 임명되어 다른 우주인들을 이끌고 있었고 우주선 발사에 있어 그의 존재는 절대적이었다. 그런데 그 꿈을 앞둔 차에 이런 비보라니……

"어쩌죠?"

남예슬도 울상이 되었다. 그녀도 모르지 않기 때문이었다. 순간 민규의 전화가 울렸다.

다라랑다랑!

"여보세요, 이 셰프님?"

광덕대 의료원의 길두홍 박사였다. 그는 이제 그 병원의 원장을 맡고 있었다.

"원장님."

"혹시 뉴스 들으셨나요?"

"예, 우주인이 사망했다고……."

"이것 참… 우리 병원으로 실려 왔는데 손도 쓰지 못했습니다. 심장이 제대로 멎어버렸네요."

"……."

"지금 총리는 물론 청와대에서까지 와 있는데……."

"……."

"이거… 의사로서 드릴 말씀은 아닌데 전에 장영순 여사님 생각이 나서요."

"……."

"미안하지만 이 셰프님이 한번 봐주시면 안 될까요? 이건 기적이 필요한 일인데 그 기적은 이 셰프님의 약선요리만이 만들 수 있을 것 같습니다."

"원장님."

"대통령도 오신다고 합니다. 누가 오든 상관없지만 이 사람은 꼭 살려야 할 것 같아서요."

"원장님……."

"안 될까요?"

"알겠습니다. 일단 가겠습니다."

민규가 전화를 끊었다. 차를 갓길로 빼자 종규 차도 따라나섰다.

"왜?"

종규가 물었다.

"형수하고 하니 좀 부탁한다. 급한 일이 생겼어."

"알았어."

종규는 이유를 묻지 않았다. 민규의 표정만 봐도 얼마나 중대한지 알 일이었다.

"하니."

민규가 하니를 안아 들었다.

"아빠, 어디 가?"

"아빠가 급한 일이 있어서……."

"하니도 가면 안 돼?"

"응. 아빠가 금방 끝내고 올게."

"알았어. 약속."

하니가 고사리손을 내밀었다. 그 손을 걸고 지장까지 찍어 주었다.

"하니, 아빠 잘 다녀오시라고 뽀뽀해 드려."

남예슬이 말했다.

쪽쪽!

하니의 뽀뽀는 두 방이었다.

"조심해요. 너무 달리지 마시고요."

남예슬의 당부를 들으며 출발했다. 하니가 멀어지자 비상 등을 켜고 속도를 높였다. 어쩔 수 없었다. 민규에게 한 장 남은 기사회생요리방 카드. 먹힐지 안 먹힐지는 민규도 몰랐다. 어쨌거나 한시라도 빨리 환자를 보는 게 급선무였으니 과속에 신호위반 따위는 문제가 아니었다.

애애앵!

속 모르는 경찰차들이 따라붙었다. 그렇다고 해도 민규의 속도는 결코 줄지 않았다.

"세워, 차 세워요!"

경찰차들이 옆으로 따라붙으며 소리쳤다.

"미안합니다. 급한 일이 있어서요."

민규는 응하지 않았다. 차가 병원에 도착하자 경찰들이 우르르 뛰어내렸다. 병원 쪽에서도 여러 사람이 뛰어나온다.

"이 셰프님!"

길두홍과 청와대 수석들, 심지어는 총리까지 보였다.

"뭔가?"

청와대 수석이 신분증을 꺼내며 경찰에게 물었다.

"과속에 난폭운전 차량입니다."

"국가비상사태로 인해 모신 요인이시네. 책임은 내가 질 테니까 돌아가."

"……?"

수석의 한마디에 경찰은 돌이 되었다. 대신 책임을 지겠다며 던져진 수석들의 신분증만 무려 세 장이었다.

"들어가시죠."

길두홍이 민규를 안내했다. 길은 저절로 열렸다. 전쟁 중의 비상사태에 버금가는 삼엄한 분위기들. 항공우주국 관계자들과 국가 요인들, 의사들까지 모두 침통하기 그지없는 풍경이었다.

"……!"

정재학 우주인을 본 민규가 굳어버렸다. 서늘하다. 죽은 사람은 기가 없다. 그렇기에 섬뜩한 느낌을 준다. 우주를 활보하려던 대한민국 최초 유인우주선의 캡틴도 다르지 않았다.

"심장이 완전히 멎어서 오는 바람에 오히려 내상은 없습니다."

길두홍이 설명했다. 다른 경우라면 CPR의 실행으로 늑골이 몇 개라도 나갔을 일. 그러나 어차피 숨을 거뒀으니 위로가 되지 않았다.

"……!"

들숨 날숨을 가다듬고 마음을 진정시켰다. 쉽지 않았다. 방제수를 소환해 단숨에 마셨다. 천하의 민규에게도 쉽지 않은 순간이었다.

오장육부…….

MRI를 찍듯 천천히 리딩을 했다.

죽었다.

죽었고…

죽었다.

'다시……'

한 번 더 체크에 들어갔다. 심장과 신장이었다. 1,000배 현미경을 들이대듯 하나하나 더듬는다. 모래 바다에 떨어진 날치알 하나를 찾아내듯 세심한 리딩이었다.

"……!"

신장의 구석에서 가능성을 찾았다. 티끌의 티끌 같은 불씨가 남아 있기는 했으니 그가 강골인 덕분이었다.

"원장님."

"되겠습니까?"

초조한 길두홍이 저만치 앞서갔다.

"해보죠. 이 환자… 살았다고 생각하고 계속 조치를 하십시오. 그리고 가족이 와 있나요?"

"네."

민규가 묻자 우주인의 아내가 나섰다. 그녀 역시 하니만 한 딸을 안고 있었다.

"우주인이 좋아하는 노래가 있으면 들려주세요. 아니면 따님하고 앉아 귓가에 이야기를 들려주시든지요."

"이야기요?"

"아무거나 괜찮습니다. 아셨죠?"

그 말을 남기고 문으로 뛰었다.

"이 셰프님."

그 복도에서 대통령을 만났다. 초유의 비보를 들은 윤상운 대통령. 지방 순시 중에 헬기를 타고 급거 귀경한 모양이었다.

"죄송합니다."

대충 인사를 하고 주차장으로 뛰었다.

"셰프님, 사옹대로 가십니까?"

뒤따라온 청와대 수석이 물었다.

"예."

대답과 동시에 출발했다. 청와대 수석도 숨 가쁘게 전화를 뽑아 들었다.

부릉!

도로에 올라서자 경찰차 두 대가 보였다. 잡아가려고 기다린 건가 싶을 때 확성기에서 소리가 나왔다.

"행복경찰서 임무기 경위입니다. 아까는 죄송했습니다. 특명을 받고 모시게 되었으니 저희들 뒤를 따르십시오."

띠뽀띠뽀!

경찰차가 앞장을 섰다.

"형!"

정원의 종규가 달려왔다. 사태가 심상치 않음을 알고 민규를 기다리던 종규였다.

"뽕나무하고 복숭아 나뭇가지 올 거다. 불 피울 준비 좀 해줄래?"

민규가 서둘렀다.

"기사회생요리방?"

"그래. 우주인을 살려야 한다."

"형……."

"아무 소리 마라."

종규의 표정을 일축했다. 기사회생요리방이 세 번만 통한다는 건 종규도 알고 있었다. 남예슬과 결혼하기 전날, 민규가 알려줬던 것. 그 후로 어떤 사람의 주검에도 관여하지 않았던 민규였다. 민규와 종규는 이 땅에 하나뿐인 혈육. 부모님 사후에 똘똘 뭉쳐 산 데다 민규가 종규의 불치병을 구해주었기에 눈빛만 봐도 통하는 사이였다.

'최후의 비기.'

종규도 그렇게 생각했다. 이제는 형수가 된 남예슬과 조카하니. 살아가면서 그들에게도 비극이 올 수 있었다. 그 비기를 지금 민규가 꺼내 들고 있었다.

'젠장!'

별수 없이 움직였다. 민규의 말은 사옹대의 오너 셰프의 명일 뿐 아니라 하나밖에 없는 형의 지시였다. 설령 지옥에 뛰어들라고 해도 마다할 종규가 아니었다.

二藥水 三靈草 五穀 龍身材 六氣 五臟 六腑 天地人陰陽一致.

민규는 기사회생요리방의 레시피를 다시 복기했다. 어떻게 잊을 것인가? 셰프로서의 삶이 끝나는 날까지도 잊지 않을 레시피였다.

비상용으로 두었던 재료를 꺼냈다. 급속 냉동실 안에서 온 재료들은 무려 일곱 번이나 포장하고도 복숭아나무 상자 안에 보관되어 있었다.

낙타의 머리 고기, 사슴의 뿔, 토끼의 눈, 소의 귀, 구렁이 몸통, 대형 조개, 잉어의 비늘 81개, 매의 발톱, 호랑이 앞 발

바닥……

일부 부족한 것은 황창동이 가지고 올 것이다. 일단 납설수와 지장수, 벽해수를 소환해 재료의 출전에 따라 해동을 했다. 신선도를 최대한으로 살려야 하는 것이다.

"형, 황 사장님 오셨어."

종규가 소리쳤다. 정원으로 나오니 그도 경찰차를 세 대나 달고 왔다.

"이 셰프."

황창동이 식은땀을 흘리며 내렸다. 얼마나 밟았는지 알 것 같았다.

"구했습니까?"

"당연하지. 이 셰프가 그렇게 다급하게 말하는데……."

"고맙습니다. 인사하고 계산은 나중에 챙길게요."

"오케이. 돈 같은 건 안 줘도 돼."

황창동이 자신을 추격해 온 경찰을 향해 돌아섰다.

"자, 이제 마음대로 하쇼. 잡아가든지 딱지를 끊든지."

황창동이 두 팔을 벌렸다. 경찰들이 어이없는 표정을 지었지만 민규를 가이드 한 경찰들이 나서서 설명을 했다. 황창동의 문제는 그렇게 해결이 되었다.

오곡!

여덟 판별력을 동원해 한 톨 한 톨 골라놓은 오곡은 지상 최고의 알곡이었다. 그 하나하나에 담긴 진기는 일반 오곡과는 비교 불가의 포스. 오곡은 인간의 몸이다. 오곡의 기운이 없는 인간은 상상하기 힘들었다. 대륙에 따라, 인종에 따라 다르다지만 누구도 곡식 없이 살아가는 식생은 없었다.

'콩…….'

신장을 상징하는 콩이 시작이었다. 콩의 죽물을 받아 콩에 중첩포막을 씌웠다. 다음은 간을 상징하는 조… 다섯 오곡의 중첩포막은 상지수와 정화수를 번갈아 오갔다. 양을 상징하는 상지수와 음을 상징하는 정화수로 균형을 잡는 것이다.

마무리는 육천기였다. 사방팔방의 기운을 오곡에 담았다.

첫 시도는 만족스럽지 못했다. 방울이 생겼지만 탄력도, 크기도 작게 완성되었다. 딱 땅콩만 한 크기. 이 정도로는 황천 건너의 목숨을 되돌리기 어려웠다.

세상일이 이랬다. 간절한 것일수록 쉽게 구하지 못하는 법…….

'다시.'

호흡을 가다듬고 정진했다. 같은 일을 다시 한다는 건 처음 하는 것보다 어려울 수 있었다. 특히나 이 기사회생요리가 그랬다. 그러나 대상이 목숨이었다. 대한민국 우주항공산업의 성패를 좌우할 수 있는 우주인… 영혼의 실을 뽑아 상처 난 목숨을 깁듯 혼신을 다했다.

보글!

마침내 요리의 표면이 들썩이기 시작했다.

'올라온다.'

민규는 숨도 쉬지 않았다. 이 순간은 민규조차 경건해야 했다. 죽은 목숨을 살리는 것이니 순결한 경외감 없이는 얻을 수 없는 비방이었다.

'아아……'

그날처럼 아뜩하게 넋이 흔들렸다. 영롱한 무지개… 그게 비치기 시작했다. 요리의 표면에서 비롯된 무지개가 이내 표면 전체를 무지갯빛으로 물들여 버렸다. 서광이다. 그러나 그릇 안의 무지개였으니 끝 간 데 없이 영롱이다가 방울 속으로 스며들었다.

보글!

마침내 방울이 올라왔다. 풍선을 불듯 천천히 부풀어 올랐다. 살구만 한 크기에서 복숭아만 하게, 이윽고 그릇의 입구 크기만큼 커지는 방울이었다.

그런데…….

"……!"

거기서 문제가 생겼다. 방울에 맥이 풀리면서 줄어들기 시작한 것.

'잘못됐나?'

민규의 시선이 방울에 꽂혔다. 재료는 넉넉했다. 그러나 실패로 소모하는 시간만큼 기사회생의 확률은 그만큼 떨어지는 것.

'어쩌면……'

세 번이 아니라 두 번만 허용하는 건가?

별별 생각이 꼬리를 물 때 방울이 다시 피어올랐다. 잠시 쉬면서 진기를 더 키운 걸까? 방울은 처음보다 더욱 튼튼했으니 손을 대도 터질 것 같지는 않았다.

'줄어든다……'

기다리던 순간이 왔다. 천천히 몸집을 줄인 방울은 결국 지난번에 보았던 토종대추 크기로 줄어들었다.

불을 껐다.

두근!

방울을 꺼내는 손은 여전히 떨렸다. 진미를 다루는 것과 생명을 다루는 건 천지 차이기 때문이었다.

후우!

옮겨 담기 성공. 방울 막은 터지지 않았다.

"끝났습니다. 인도 좀 부탁합니다."

민규가 대기 중인 경찰들에게 소리쳤다.

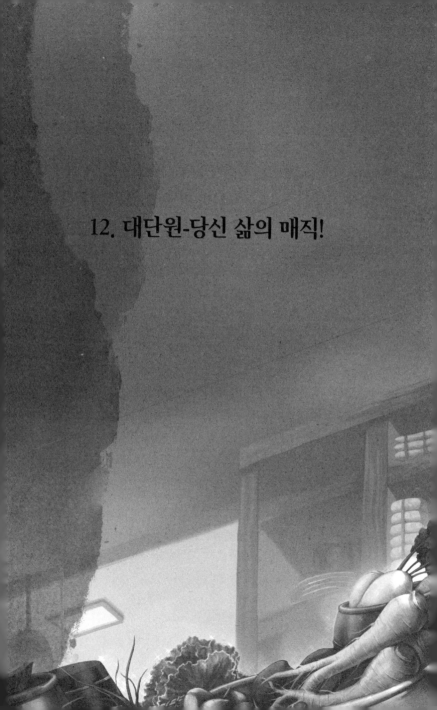

12. 대단원-당신 삶의 매직!

차가 출발했다. 민규는 기사회생 방울 막 그릇을 안고 있었다. 운전은 종규였다.

"뭐야?"

한참 폭주하다 속도가 줄었다. 종규가 고개를 빼 들었다. 앞쪽 도로에 생긴 사고였다. 버스와 택배 트럭이 추돌을 했다. 트럭이 60도 이상 돌면서 도로를 막았다. 오토바이가 아니고는 빠져나가기 어려웠다. 경찰이 반대편 도로 확보에 나섰지만 쉽지는 않았다.

"아, 진짜……."

종규가 조바심을 냈다. 민규의 속도 바짝바짝 타들어갔다.

촌각을 다툰다는 말이 필요한 순간이었다. 10분쯤 지나자 겨우 차가 빠질 공간이 생겼다.

"이 셰프님."

길두홍 원장에게 전화가 들어왔다.

"가고 있습니다."

민규는 팩트부터 질러 버렸다.

"얼마나 걸릴까요?"

"앞에 사고가 있어 조금 늦었습니다. 곧 도착할 거 같습니다. 상황은요?"

"좋지 않습니다. 아시다시피······."

원장의 목소리가 내려갔다. 호흡이 멎으면 장기가 상한다. 뇌세포가 죽는다. 원장의 말줄임표에 담긴 뜻이었다.

"안 되겠다. 경찰차 넘어라."

민규가 특명을 내렸다.

"알았어."

종규가 핸들을 돌렸다. 경찰차는 빨랐다. 그러나 경찰차다. 몸에 밴 습성 때문에 극단의 질주는 하지 않았다. 그렇게 해서는 시간을 줄일 수 없었다.

빠아앙!

경적과 함께 민규의 랜드로버가 폭주해 나갔다. 150km를 넘는 쾌속이었다.

끼아악!

속도에 놀란 앞의 차들이 휘청거렸다. 그대로 치고 나갔다. 이제는 무려 180km 이상이었다. 몇몇 운전사들이 쌍욕을 하지만 듣지 않았다. 지금은 오직 한 가지 생각만 할 때였다.

끼익!

병원 현관 앞에서 차를 멈췄다. 급정거한 랜드로버는 타이어 타는 냄새를 내며 2m나 밀렸다.

꿀럭!

요동이 끝나자 민규가 비로소 숨을 돌렸다. 품에 안은 그릇은 무사했다. 무지막지한 속도감 속에서도 그릇의 평형 유지에 혼을 다한 민규였다. 차에서 내린 민규가 뛰었다.

"이쪽입니다."

엘리베이터를 확보한 의사들이 소리쳤다. 원장의 지시를 받고 준비하던 중이었다. 거기서부터 병실까지는 논스톱이었다.

"이 셰프님."

대통령은 아직 복도에 있었다. 뭐라 답하지 못하고 병실로 뛰어들었다.

"셰프님."

원장과 의료진들이 반색을 했다. 거즈를 집어 쏟아지는 땀부터 닦았다. 정재학 옆에 붙어 있던 가족과 의료진들이 물러섰다.

후우!

겨우 숨을 몰아쉬고는 정재학의 입을 확보했다. 체질 리딩이나 오장육부의 확인 따위는 필요치 않았다. 어차피 만들어온 기사회생요리였다. 이제는 죽이 되든 밥이 되든 강행할 뿐이었다.

우주……

우주로 갈 대한민국 대표 우주인이었다. 그러나 정작 진짜 우주는 이 사람의 몸 안에 있었다. 인체 자체가 우주가 아닌가? 인간은 우주의 신비를 풀기를 갈망하지만 정작, 인체의 신비도 아직 다 풀지 못했다. 인간은 어째서 죽을까? 인간의 사고(思考)는 어째서 죽음과 함께 소멸되는 걸까?

필멸.

영생.

두 개 단어의 대치점은 어떻게 다를까?

기사회생요리방의 출발이 거기였다. 약식동원이니 요리가 곧 약이었다. 약은 인간의 양생을 돕는다. 양생의 끝은 어디일까? 신선이다. 신선은 죽지 않는다. 거기까지는 욕심내지 않았다. 죽지 않는 불사의 약이 있다면 어땠을까? 권필의 왕은 아직 죽지 않았을 것이다. 권필 역시 죽지 않았을 것이다. 그렇게 보면 현재의 민규는 없었다. 권필 다음 생인 정진도의 삶도 없었다. 하지만, 영생까지는 아니더라도 정재학의 목숨은 잠시 되돌려야 했다. 대한민국 대표 우주인. 어렵게 양성한 사람이었다. 러시아 우주선을 타고 '진짜 우주인'으로 스펙을 쌓는 동안 러시아에 내준 대가도 굉장했다. 그리하여 이제야 대한민국 태극기가 달린 우주선의 캡틴이 된 정재학……

당신……

내 이야기 들리나요?

당신도 그렇죠?

아직은 그 강 건너에서 살고 싶지 않은 거죠?

태극기를 달고 타는 우주선은 처음이잖아요.

당신이 꿈꾸던 조국의 우주선이잖아요.

대한민국의 기술로 만든, 대한민국 사람이 캡틴인 우주선……

내 말 잘 들어요.

당신은 지금 목숨의 블랙홀에 빠진 겁니다.

나올 수 없어요.

기회는 한 번뿐입니다.

내가 정기의 끈을 내려줄 테니 힘껏 잡으세요.

놓치면 안 돼요.

민규의 비원과 함께 방울 막이 들어갔다. 혀끝까지 민 후에 조금 더 밀어 목구멍으로 넘겼다.

삼켜요.

민규가 속삭였다. 방울은 가만히 목 안으로 사라졌다.

불이 꺼진 오장의 우주. 그 통한 속으로 들어가는 구원의 동아줄……

"……?"

민규, 집중하던 시선을 그제야 들었다. 비처럼 쏟아지는 땀을 보던 길두홍 원장이 직접 타월을 건넨 것이다. 그걸 받아 땀을 닦으면서도 눈은 떼지 않았다. 식도를 따라 들어가는 구원의 빛이 보였다. 여의주의 그것처럼 영롱하다. 다른 누구의 눈에도 보이지 않는 그 반응. 민규의 눈에는 보였다. 위장에 안착하자 잠시 사그라든다.

'후우!'

매순간의 반응마다 민규는 피가 타는 것 같았다.

후웅후웅.

마침내 방울 막의 진기가 터졌다. 진기의 폭발이었다. 위장에서 터진 진기의 빛이 오장으로 번져 나갔다. 그 순간은 차라리 경건했다.

꿈틀!

신장에서 반응이 느껴졌다. 음양오행에서는 무조건 신장이 우선이었다. 신장의 명문에서 목숨의 물줄기를 틀어주지 않고서는 오장이 작동할 수 없었다. 여기 불이 켜져야 다른 장부에도 불이 들어오는 법.

'불이 들어온……'

하마터면 소리를 지를 뻔했다. 신장의 깊은 곳에서 불씨의 반응이 보였던 것. 그러나 이내 주저앉아 버렸다.

"……!"

눈을 비비고 다시 집중했다. 위태롭다. 바람에 흔들리는 작은 촛불보다 더 위태롭다. 그대로 두면 그냥 소멸이었다.

'아!'

민규가 고개를 돌렸다. 기사회생요리. 또 다른 방울이 있었다. 처음에 만든 다소 만족스럽지 못하던 작은 방울. 작으나마 힘이 될까 챙겨 왔다. 앞뒤 가릴 것도 없이 그것마저 밀어넣었다.

그런데…….

어차피 안 되려는 것일까? 작은 방울이 들어가기 무섭게 신장의 불티가 폭삭 꺼져 버렸다. 불씨를 살리기 위해 나무를 많이 넣으면 오히려 꺼져 버리는 불 피우기의 한 장면 같았다. 어이없지만 돌이킬 수 없는 상황이었다.

"셰프님."

원장 목소리가 들려왔다. 안타까움이 촉촉했다.

"아아……."

의료진들도 절망의 숨을 쉬었다.

"안 되는 건가요?"

이어지는 가족들의 한탄…….

기사회생요리방.

세 명을 살릴 수 있다고 했다. 그러나 세상의 일들은 무엇도 보장되지 않는다. 그리고… 그 세 번째가 정재학이 아닐 수도 있었다.

다시 확인했다. 오장육부의 반응은 싸늘했다. 신장 또한 다르지 않았다. 민규의 고개가 저절로 떨어졌다.

"수고했어요. 너무 상심 맙시다."

원장이 위로를 건네왔다. 종규가 다가와 민규를 일으켜 세웠다. 이제는 정재학, 영면의 길로 가야 했다. 의료진들이 정재학의 시신을 다시 수습하기 시작했다. 벌려놓은 입을 되돌려 놓고 손과 다리를 가지런히 모았다. 다소 기울어진 몸도 간호사와 의사가 합세해 바로잡았다.

들썩!

정재학의 몸이 흔들리는 순간이었다. 탈진으로 허덕이던 민규 시선에 불이 들어왔다.

"잠깐만요."

종규를 뿌리치고 정재학 시신에 다가섰다.

"이 셰프님."

원장이 만류하는 것도 듣지 않았다. 거칠게 시트를 벗겨냈다. 시선의 목적지는 신장이었다. 시신을 수습하느라 제법 흔들렸던 정재학의 몸. 신장에서 아스라한 반응이 보인 것이다.

"됐어요. 이제 그만해요."

정재학의 아내가 민규를 막았다. 더는 고인을 피로하게 하지 않으려는 마음이었다.

"잠깐만요. 잠깐이면 됩니다."

그녀를 밀고 신장을 보았다.

'아아……'

민규가 휘청거렸다. 불씨였다. 꺼진 줄 알았던 명문이 밝아오고 있었다. 온통 암흑인 오장육부에서 그곳만 여명이 있었다.

"이봐요, 이 셰프님."

정재학 아내의 목소리가 높아졌다. 그래도 민규는 오직 집
중이었다.

빛……

빛……

명문의 빛은 우주로 치면 태초의 빛이다. 우주의 형성에는
오랜 시간이 걸렸으니 금세 노도의 불길이 되지는 않았다. 민
규는 성자처럼, 혹은 어린아이처럼 그 빛만을 바라보았다.

"대통령님."

원장이 고개를 들었다. 소란을 들은 대통령이 총리와 함께
들어서고 있었다. 그사이에도 정재학의 명문은 조금씩 더 밝
아졌다. 그런 후에야 오장의 구석으로 번지기 시작했다. 민규
는 그제야 오열하는 정재학 아내의 손을 잡았다. 그리고, 탈
진 직전의 목소리로 간신히 속삭여 주었다.

"우리의 우주인은 살았습니다."

그 말이 끝이었다.

"형!"

이번에는 종규의 오열이 병실을 울렸다. 혼신을 다한 민규
가 넘어간 것이다. 순간 의료기기 앞의 의사 또한 오열 이상의
고함을 터뜨렸다.

"우주인의 호흡과 맥박이 돌아옵니다!"

민규는 들었다. 가물거리는 의식 속으로 녹아드는 의사의 달콤한 외침… 그리고 또 들었다.

"길 원장님, 이 셰프하고 정재학 우주인, 책임지고 회복시키세요."

이번에는 대통령의 특명이었다.

대한민국의 첫 유인우주선 광개토대왕호.

예정보다 2주 늦게 우주로 날아갔다. 정재학의 회복에 걸린 시간 때문이었다. 이틀 만에 깨어난 정재학, 예정대로 발사해 달라고 했지만 우주항공국에서 받아들이지 않았다. 예정보다 중요한 건 성공이었고 우주인들의 안전이었다.

우주선 발사가 있는 날, 민규는 대통령, 우주항공국 국장과 자리를 나란히 했다. 출발 전에는 정재학의 정중한 인사도 받았다.

"대한민국 우주인 정재학, 이 셰프님께 출정 보고합니다!"

힘찬 거수경례가 아름다웠다. 그의 아내 역시 민규에게 큰절을 했다.

발사는 대성공이었다. 한국은 마침내 우주 강국에 진입할 수 있게 되었다. 이 사건을 계기로 현직 대통령 윤상운과도 각별한 사이가 되었다.

며칠 후, 우주선 화면이 방송에 나왔다. LIVE였다. 화면도 생각보다 좋았다. 민규는 방송국 스튜디오에 있었다. 캡틴 정재학을 살려 우주선 발사의 차질을 막았던 민규. 이미 보도로 나갔으니 국민들 모두의 성원을 받고 있던 차였다. 우주인들은 당연히, 국민들에 대한 인사부터 챙겼다. 다음으로 민규에 대한 이벤트도 나왔다. 나란히 선 우주인들은 정재학과 세선원이었다.

[이민규 셰프님, 고맙습니다.]

종이에 쓴 글자들이었다. 종이를 놓더니 민규가 개발해 준 우주식을 들어 보였다.

"덕분에 맛나게 살고 있습니다."

정재학이 웃었다.

"기분은요?"

민규가 물었다.

"보시다시피 최고입니다."

"우주식은 어떤가요? 입맛에 맞나요?"

"그 또한 최고입니다. 외계인을 만나면 이 밥도둑들을 맛보여 드리고 시식 평까지 받아 가겠습니다."

정재학의 답에는 거침이 없었다. 여기서 민규의 선물이 공개되었다. 우주인을 위해 차린 우주 수라였다. 조금 전에 퍼 낸 밥은 모락 피어오르는 김까지 제대로였다. 식단에는 김치찌개와 된장찌개, 나아가 밥도둑의 상징인 게장과 새우장, 토하젓, 보리굴비에 민물김까지 있었다.

"으악, 그렇잖아도 김치 특식 먹을 때마다 비계 듬성듬성 썰

어 넣고 푹 끓인 찌개에 게장이 간절했는데 눈요기라도 제대
로 하네요."

정재학이 반색을 했다.

"건강하게 임무만 완성하고 오세요. 대한민국 최고의 밥에
김치찌개와 씨간장 게장으로 한턱 쏠게요."

"기대하겠습니다."

정재학과 선원들이 환호를 했다. 이 방송 또한 초유의 시청
률을 기록했다. 방송이 끝나고 복도로 나오자 스태프들이 박
수를 보내왔다. 그들 앞에 손병기가 있었으니 그는 이제 이
방송국의 사장이었다. 주용길의 정권에서 청와대 입성을 마치
고 몇 년 쉬다가 이번 정권에서 방송사 사장으로 임명된 것.

"대단합니다."

손병기가 민규를 포옹했다.

"아빠!"

이번에는 하니 차례였다. 방송국에 오면 톱스타인 엄마보다
더 인기를 끄는 하니. 바람처럼 달려와 나비처럼 민규의 품에
안겼다. 그다음은 자동 시전 뽀뽀 스킬 작렬이다.

쪽!

긴장과 피로가 쫙 풀려 나갔다. 요리보다는 방송이 더 힘
든 민규였다.

"타요."

남예슬이 문을 열어주었다.

"운전하게?"

민규가 물었다.

"당연히 그래야죠. 뉴스 시청률이 얼마인 줄 알아요? 감히 제가 쳐다보지도 못할 정도라고요."

"그래도……."

"어허, 인기 좀 있다고 개겨요? 빨리 안 타면 팬들 쫓아와서 나가지도 못할걸요? 오후에 귀한 손님 예약 있다면서요?"

남예슬이 예약을 상기시켰다. 정재학 사건으로 무려 나흘이나 병원에 누워 있었던 민규. 덕분에 예약이 주르륵 밀린 상태였다.

부릉!

방송국 지인들의 인사를 받으며 도로로 나왔다.

"아빠, 나비."

달리는 동안 하니가 채소 조각을 들어 보였다. 당근과 오이, 호박 등을 자른 조각들이었다. 민규와 하니의 장난감이다. 하니와 함께 있는 동안은 정서와 감성 함양을 위해 채소 조각 놀이를 유도하고 있었다.

"멋진데? 다른 것도 만들어봐."

민규가 칭찬으로 사기를 높여주었다. 신이 난 하니, 조물락 조각을 이어 붙여 또 다른 모양을 만들어냈다.

"토끼."

"오, 진짜 토끼 같아. 귀도 똑같고……."

부녀의 정이 오롯해질 때 차가 멈췄다.

"왜?"

"앞에 무슨 일이 있는 모양인데요?"

남예슬이 창을 내렸다. 몇 분이 지나도 차는 움직이지 않았다. 참을성 부족한 운전자들 일부가 경적을 울려댔다.

"내가 보고 올게."

민규가 내렸다. 차는 네거리까지 밀렸다. 그 앞에 119 구급차가 보였다. 소란의 원인은 오토바이였다. 배달 알바를 하던 학생이 사고가 난 모양이었다. 인도의 인파를 헤치고 보니 구급대원들이 학생 상태를 살피고 있었다.

"으아, 저 자식 중병 걸린 엄마 병원비 대느라 학교도 휴학하고 하루 세 군데 배달 뛰며 개고생하더니 결국······."

학생의 동료로 보이는 배달원 두 명이 울먹거렸다.

"죽었나 본데?"

"그러게. 안됐네. 술 처먹은 놈의 차가 과속하는 걸 피하다 그랬다며?"

"아, 하늘도 무심하지. 이래서 없는 놈만 점점 힘든 사회라니까."

사람들은 모두 고개를 저었다.

하지만!

딱 한 사람, 민규만은 표정이 밝아지고 있었다. 안타까운 사연의 배달 학생, 죽지 않았다. 오장의 진기 때문이었다. 아니,

사실, 미소의 팩트는 다른 데 있었다. 하늘에 서린 두 메신저의 형상을 느낀 것이다.

"여보!"

남예슬이 다가왔다.

"가자"

민규가 그녀에게 돌아섰다.

"죽었어요?"

"응."

"안됐네요."

"아니, 죽기는 했는데, 목숨이 아니라 저 학생의 불운이 죽은 거야."

"네?"

"그런 게 있어. 그러니까 걱정하지 않아도 돼."

민규가 정답게 웃었다. 민규의 말을 증명이라도 하듯 학생이 일어섰다. 잠시 숨을 돌린 학생은 비틀 일어나 오토바이로 향했다. 구급대원들이 병원행을 권했지만 듣지 않았다.

"얀마, 무리하지 말고 병원 가봐."

친구들도 말리지만 학생은 완고하다.

"배달 밀렸어. 오늘이 월급 받는 날이거든."

민규의 차가 학생을 지나쳤다. 순간 하니가 하늘을 보며 외쳤다.

"아빠, 하늘에서 뭐가 움직이는 거 같아."

하니의 맑은 시선이 허공에 꽂혀 있다. 하니의 눈동자가 정지된 곳에서 전음이 들려왔다. 대상자는 학생이었다.

[인류 운명 수정 시스템입니다.]
[당신은 7,599,869,296억 명 현생 중에서 수련현자의 장바구니 수정여의주 간직 대상자 752,582분의 1 확률을 뚫고 인생 수정 특권 수혜자로 선택되었습니다.]
[운명 수정 특권을 부여받을 수 있습니다.]
[당신에게 부여될 행운 쾌는 다음과 같습니다.]

……

민규는 하니를 꼭 끌어안았다.
오토바이와 함께 멀어지는 학생의 참담한 인생에 내린 대반전의 매직.
그 매직 또한 민규의 것처럼 아름답기를 희망하며.

『밥도둑 약선요리王』완결